新 潮 文 庫

手長姫　英霊の声

1938 - 1966

三島由紀夫著

新 潮 社 版

11370

目次

酸模《すかんぽ》―秋彦の幼き思い出　13歳……七
家族合せ　23歳……三三
日食　25歳……六七
手長姫　26歳……七三
携帯用　26歳……一二一
S・O・S　29歳……一三七
魔法瓶　37歳……一六三
切符　38歳……一九五
英霊の声　41歳……二三三

解説　保阪正康

年齢は発表年。昭和の年数と同じ。

既刊の新潮文庫未収録の短篇群から、今も魅力を放つ短篇を編集部が精選。十代から四十代まで各年代の作品計九篇を収録した新潮文庫オリジナル短篇集である。底本は『決定版　三島由紀夫全集』（弊社刊）。「英霊の声」は河出文庫『英霊の聲』にも収録されている。

（編集部）

手長姫　英霊の声

1938-1966

酸模《すかんぽう》——秋彦の幼き思い出

昭和13（1938）年、学習院中等科に在学中、平岡公威《ひらおかきみたけ》（のちの三島）は初めての小説「酸模」を書く（13歳）。前年に盧溝橋《ろこうきょう》事件が勃発し、この年には国家総動員法が施行され、日中戦争が本格化していくなか、8月、ヒトラーユーゲントの訪日も話題となる。

うつつをゆめともおもはねど、
うつつはゆめよりなほ果敢な、
悲しければだぞなほ果敢な、
幻よりもなほ果敢な。

（ほのかなるもの）より

白秋

＊＊＊

「灰色の家に近寄っては不可《いけ》ません！」

母親は、其《そ》の息子、秋彦《あきひこ》にいいきかせた。

秋彦の家の傍にはなだらかな丘が浮んででも居る様に聳《そび》えて居た。樹木が少くもないのに、全体が薄紅色に映えて見えるのは其処《そこ》に酸模《すかんぽう》の花が、それから少いけれど草夾竹桃《フロックス》のやや薄い臙脂《えんじ》とが零《こぼ》れる様に敷きつめてあったからであろう。けれども、そこに有ってはならない一つのもの（それは確かに辺りの風景を毀《こわ》して居た）が、丘の真ん中にどっしりと頑固に坐《すわ》って居た。

塀は灰色で、それから大きい門柱も、所々に出っ張って、遠くからも見える棟々の屋根も、何も彼《か》も灰色をしていた。恐らく門の中の広い広い庭も灰色の空気に満たされていたことであろう。そうで無いものと云《い》えば、黒く冷たい鉄製の大きな門だけだった。

⁂

むせる様な草の息吹《いぶき》と、絶え間ない蟬《せみ》の啼《な》き声と、そして目を射るような、緑。緑。又緑。一点の雲さえ残しては置かない青空に、消えては現われ消えて行く徒雲《あだぐも》——。

夏が来たことが知られた。

けれども、あの塀の内には夏が訪れないであろうと、子供達は信じて居た。何故《なぜ》ならば、大人さえ乗り越せない、高い高い灰色の塀を、「夏」にしたって越せるわけがないと思ったからである。

彼等は、此《こ》の家を「灰色の家」と呼んで居た。之《これ》が出来たのは決して古いことではなかった。秋彦が漸《よう》く物心つき始めてから、と云うのだから今から三年許《ばか》り前のことであった。

「出来上った頃も夏でねえ。坊やが工事を面白がって、よく見につれてってと、せがんだものよ」

秋彦の若い母親は、そういって美しく笑った。

今年の春、秋彦は六つの年を迎えた。そして彼は友達と丘の紫雲英《げんげ》や、頭をもたげ始めた土筆《つくし》を摘んだりして居たが、酸模の蕾《つぼみ》が、やんわりと開きかける頃からあの丘は疎《おろ》か丘の近くでさえ遊ぶことを禁じられて了《しま》った。彼の母親はそのわけを話さなかったが――彼の幼ない友でやっと五つになる俊子は秋彦の耳に口を近づけて、

「あのね、刑務所から囚人が逃げ出したんですって。だから私達があの丘で遊べなくなったのよ」

秋彦は吃驚《びっくり》して訊《たず》ねた。

「刑務所って何。囚人って何なの。何故《なぜ》逃げ出すと遊べないの」

「そんなことは知らないわ。だけどもう遊びに行こうとしたって、みちもやすもついて来ないし……」

秋彦にそれだけはうなずけた。彼の家でもどの女中もついて来なかった。爺《じい》やでさえつれて行って呉《く》れなかったもの……

秋彦は寂漠《せきばく》とした心が津波のように押し寄せて来るのを知ってぼんやりと黙って了った。

＊＊＊

童心をしっかりと摑《つか》んで了った「自然への執着」は容易に消え失《う》せるものではない。秋彦も其の一人であった。彼は春ともなれば、紫雲英だの雛菊《ひなぎく》だのを喜々として摘み歩き帯紅色の絨氈《じゅうたん》の上に転がったり、それから、追いかけたり、追いかけられたりするのは楽しいものであった。

夏はフロックスそして酸模。

秋は胡枝子《はぎ》と尾花と葛《くず》、敗醬《おみなえし》、蘭草《ふじばかま》、瞿麦《なでしこ》、又桔梗《ききょう》が互に絡《から》み合い戯《たわ》むれ合い、秋風に翫《もてあそ》ばれて咲き乱れて居るのは、秋彦の心を、七草を眺める老人の様なそれに変えさせることがあった。

更に、冬は、雪姫の純白な白衣の袖《そで》をやんわりとかけられた丘が見えた。自然に対する病的な、憧憬《しょうけい》や、執着が子供にもある。否《いな》、それは、大人より強烈な場合がある。

秋彦はその渦中《かちゅう》にあった。彼は、母親の出掛けた隙《すき》を見つけると、そうっと勝手口から外へ出た。

＊＊

陽は午後だったが一時にもなっていなかった。

秋彦は帽子をかぶると、息もしないで一目散に駈《か》け、裏道を抜けて丘へ登る道へさし掛った。

丘には光が満ち溢《あふ》れて居たが右手の広大な森には、背丈の恐ろしく高い巨木が殆《ほとん》ど体の横幅位な間隔を置いて上の方は枝を八方にのばしそれぞれが大きな傘のようになって居たので昼間はうすぼんやりと見えるけれどもその小さい道に夜が来るとてんで見当がつかなかった。

秋彦はそこを、後も見ないで、駈けとおし、丘に出ると、原の真中へ来て、高い草の間に落ちこむように坐り、はあはあと息をし、そして、すぐそばから擽《くすぐ》るような笑が、こみ上げて来た。彼は思い切り笑った。方々に、谺《こだま》が響いた。又、空に向って、大声で笑った。大空の一部が、すっぽりと自分の口の中に落ちて来そうに思えた。彼は充分に笑ってから、まだお腹《なか》の隅で、くつくつと笑っているのを押えて、ポケットから白いボールを出し、空高く投げた。

青空だ。

青空が、ボールについて、上って行く、そして恐ろしい勢で落ちてくる。彼はそのボールを受けると、青空を我がものにしたように喜んだ。それから、彼は、思い切り思い切り空気を吸った。秋彦は、室内や町の中でこんな空気を吸ったことはなかった。否吸ったと云うより、食べたのだ。不思議な味をし、香りをした空気を、青空を、それから、雲を、彼は口の中に押し込んだ。その味や香りが、どこから湧《わ》き出て来るのかわからなかった。併《しか》し彼は、今その源がわかったような気がする。再び、喜びが湧いて来た。空気の味と香りの源を確かめたのは、最も大きな喜びであるに違いない。

それから、秋彦は、大地の躍動を知った。大地は心臓の鼓動の様に踊り始め、秋彦の足も自然にそれに伴った。森羅万象は音楽を奏し始めた。

秋彦には、その音楽と歌が、すべて、わかった。森がうたっている、それから、丘の北方にある海のような青田も。小鳥の唄《うた》がきこえる。

今の秋彦は、小鳥と話をすることさえ出来たであろう。

＊＊＊

五時間も経《た》ったろうか、彼は、喜びの中に身をひたして、時間の観念を忘れていた。やっと我にかえった時は、もう日は楕円《だえん》型で、火山の裾《すそ》に落ちかかって居た。青田は、雑木林に限られ、その彼方《かなた》に、雄大な火山が、聳えていたが、地面には低く、夕靄《ゆうもや》が這《は》って来た。

彼はすっと立つと、ボールをポケットに入れて、小刻みにあるき、森の入口に来て、困惑して了った。昼さえうす暗い森の中は、日没にともなって、径《みち》さえ、その存在が明らかでなかった。彼は、目茶苦茶に、中へ入って了った。

それが迷児になる原因となった。道がわからなくなって無暗《むやみ》にかけ出したが、自分が、どんどん奥へ入って了ったのには気付かなかった。

いつまで経っても、町が見えないので彼は到頭泣き出して了った。泣き声はびんびん響いたが到底町まで聞えるわけはなかった。只《ただ》、無意味に泣いていることを知ると、彼はあきらめて、べたんと地に坐り、しくしくと咽《むせ》び泣いた。すると、秋彦の肩を叩《たた》いたものがある。彼は大地が割れて、火柱が立ったように思えた。その火柱の中から、恐ろしい、悪魔が出て来て、秋彦の肩を叩いた。彼は声も立てないで、飛びのくと、両手で顔をおおった。併し其の夢もさめて、人間の声が、

「どうしたんだ、坊ちゃん」

と明らかに云った。彼はそうおーっと目をあけた。

目の前に、男が立っている。男は、よれよれの背広服を着、体は非常に大きかった。併し顔は割合に小さく、中央に少し上向き加減の大きな鼻が納って、鼻の下と云わず

あごと云わず、頬といわず、針のような先の方で指でもついたら、痛そうな鬚《ひげ》がすきまなく生えていた。其の癖、人相は非常に柔和で、前歯が欠けているのも御愛嬌《ごあいきょう》であった。只、不可《いけ》ないのは、其の眼であった。波布《はぶ》のそれのように、黒い水魔の棲《す》む湖水の水のようだった。鼠色《ねずみいろ》ににごり、くすんで、併し其の中に一点の光があった。これが曲者《くせもの》だった。目はきらきらと光った。それを見ていた秋彦はやっと、我に帰ると、扨《さ》て不思議なことがあった。何故あの暗黒の森の中で、男の服装や人相が見えたのであろうか。彼はふっと振り返った。おお、木々の隙間から光の波が秋彦と男の上にあった、月である。葉の間をもれて来る光の線は、丁度五線紙のようであった。何処《どこ》からともなく音符が五線の紙に流れて来る。音楽が聞える。下の方から――秋彦が目を下すと、そこに、小川があった。

せせらぎの音を立てていた。

蛙《かわず》が（それは河鹿《かじか》であったろうか）木琴の音色のような、快い啼き声を立てていた。遠近《おちこち》の叢《くさむら》に、蟋蟀《こおろぎ》が、のどをふるわせていた。

「どうしたんだ」

男が再び訊ねた。秋彦はぎくっとしてそれに答えず、一こと一こと切って、おそるおそる聞いた。

「小《お》─父《じ》─さ─ん─は─ど─こ─へ─ゆくの」

泣いたあとで声は全くへんてこりんになって了い、─ゆくの─と早口に云った時、大きな、しゃっくりをして了った。

男は、笑って（否、怒っているようでもあった、そして泣いているようでもあった。）云った。

「俺は旅行に出たんだが忘れ物をしてね、お家《うち》へ引返して来たんだよ」

「お家ってあの丘の上の？」

秋彦があまり頓狂《とんきょう》な声を出したので男はびっくりしながら、何げなく答えた。

「ああ」

「小父さんのお家の表札は随分大きいのね」

「そうかい」（男は苦笑する）

「ねえ！」

「え？」

「小父さんは、どうして自分のお家を灰色なんかに塗ったのよ、塀も、お屋根も、ご門の柱も」

「…………」（沈黙）

「小父さん、返事をしなきゃいやよ。

——あのね、小父さんのお家は刑務所って云うんでしょ」

「よく知ってるね、そうだよ。俺の家は刑務所って云うんだ」

秋彦はそれをきくや否や、男の顔を、鼻でも欠けている様にじっと見つめて叫んだ。

「それじゃ小父さんは囚人って云うのね。それで刑務所に忘れ物があるのね。だから、それを取ったら、又出て来なきゃならないのね」

秋彦の目は次第に男の目を追い、そして、カチリと合わさった。秋彦の目は、秋の湖である。澄み切って湖底の砂が数えられるような、清さ。何という恐ろしさ。凡《すべ》てすきとおって、一点の曇りもないのは恐ろしい。まんまるの真珠のたまを見つめる時、暫《しば》らくの間は、それにさわることを許されない。おう、何という恐ろしさだ、荘厳《そうごん》さだ、男はそれをまともに受けていることが出来なかった。そして、

「ああ」

と力なく答えたと同時に、前の神のような男の子はいきなり飛びついて来た。そして差し出された腕に顔を埋めて激しく泣いた。夜鶯《ナイティンゲイル》も梢《こずえ》にとまり乍《なが》ら泣いた。

「出て来ちゃ厭《いや》よ。又あの丘で遊べなくなるんだもの。早くあの『灰色の家』の中へ入って。そうすれば秋ちゃん達もあそべるようになるんだもの」

「何故だい？ 何故そんなことを？」

男は狼狽《ろうばい》して訊ねた。

「囚人が刑務所から逃げ出したから、遊んじゃ不可ないって、母ちゃまが……」

「そうか……」

男は深く溜息《ためいき》をした。そして月を仰いだ。もう男の目も秋彦と同じように澄み切っていた。彼は口を開いた。

「俺にも子供があったよ。丁度坊やみたいに可愛《かわい》い子だった。だが、今は……」

「今は今はどうしたの」

「広い広い、海原の上を鷗《かもめ》になって飛んでいるんだよ、波の間に、ひらひらと、魚の鱗《うろこ》の銀色が光るのを見つけて、その鷗はな、水の中に首を突っ込んで云うんだ。『夕靄の鉛色をした海の上で私は殺された。殺した奴《やつ》は、暗い暗い海の底に沈んで行った。だが、其奴《そいつ》の浮き上るまで、私はこの白い翼で、雲の低い空に浮んで居なけりゃならない』」

「それは何のこと」

男は答えないでつづけた。

「所がその哀れな哀れな鷗を殺した奴は、自分の浮ぶ道を見つけたのだ。

その道を見つけさして呉れたのを誰だと思う。――坊や！　お前なんだよ。だから、乃公《おれ》は坊やが大好きだ。

坊やの一番喜ぶことをしてやる」

「…………」

「刑務所へ帰ろう」

秋彦の面《おもて》には、ほのぼのと曙《あけぼの》の色がのぼって来た。その色は、みるみる広がり、桃色の水の滲《し》み込んだ、白雲の山肌のようになった。秋彦は、美しい目をしていた、そしてそれを輝やかせた。彼にとっては、技巧を有さない無邪気な彼にとっては、それが最大の親しみであったに相違ない。男は更に云った。

「坊や、逃げ出さないで、出て来るんなら良いだろう」

「うん」

「その時は、あの黒い鉄の門が開くのだ。多分一年も後のことだろう。坊やは迎えに来て呉れるかい」

「行くよ！　秋ちゃんは小父さんが大好きだから」

「そうそう！　来てお呉れ」

男は、さよならをしたが、気がついたように、戻って来て、秋彦を肩馬にのせると、町へ出る道へ送ってやった。彼はそこで下されたがいつまでも、道に立って、男の後姿を見ていた。

月の光は、橙々色《だいだいいろ》にさえ見えた。そして男の、背中を照らしていた。男はゆっくり門の方へ歩いて行った。

⁂

門衛は、彼の姿を見、又、すっかり変った、柔和な人相を見て、喜び、そして驚いて迎えた。其処、此処の監房から、青衣を着けた、罪人どもが、口々に喜びわめいて、何事か云っていた。彼は刑務所長の部屋に入った。所長は非常に喜んで彼を迎えて言った。

「脱獄者で、自分の意志を以《もっ》て帰って来たのは、全く珍らしい、又、儂《わし》にしても、顔が立つ、儂は君に感謝するよ、心から！」

男は心楽しそうに云った。

「私は、今まで、理性で何事も処理出来る人間の中に本当の幸福があると思って居たのです。

私は弱い弱い、女のような心の持主でした。

ほんの少し許り理性が芽ばえても、感情が見る間に侵し切って了います。私の犯罪の動機さえ、此の、不可ない性格から来て居たのですから。……併し今、私は、本当の幸福を、私の、弱い感情のみの性格の中に見出《みい》だしたのです。

私はもう歎《なげ》きません。

神から与えられたものを悔いようともしません。

務めを果しましょう。

今の私には其の外になすべきことはないではありませんか」

⁂

「全く妙な男じゃ」

刑務所長は葉巻を、灰の白くなった葉巻を苦く、くわえ乍ら云った。傍に坐って居た警部は、そのわけを聞いた。所長は、

「あの男は理性を詛《のろ》っているのだ。理性に支配された人間を、機械だと罵《ののし》っているのだ。併し、あいつは妙なことを云い居《お》った。感情に犯された、性質の中に、本当の幸福を見出だした――と」

長い間、人生の、苦労をなめ、嘗《かつ》ての日は、前科者であった警部は、

「私は前科者でした。心から罪人の気持を理解することが出来ると信じています。

――所長さん。彼は至極月並に脱獄したのです。そして、自分の感情に満ちた心を恥じ、盲目のまま理性に向って突進したのです。併し、彼は、盲目でした。そして理性をとりまいている悪魔のとりことなり、その悪魔は彼にいろいろな事を教えました。

『刑務所へ行って残して来た、兇器《きょうき》をもって来い』と。

併し彼は猪突《ちょとつ》する一歩前で、救われました。それは神でした」

「馬鹿々々《ばかばか》しい、神なんてことが考えられるか！」

所長は苦々しく言った。

「否、あります。断じて存在します。私の改悛《かいしゅん》もこの神の力でした。併し神は姿を変えて現われます。彼の元に戻った心は、その前に頭を上げることが出来なかったのです、私は、それが出来たら、人間ではないと思います。

――所長！　私はちかいます。彼は二度と脱獄はしないでしょう」

「ほんとだね」

所長は念を押して帳面をばらばらとめくって云った。

「あの男は十年だったね」

「はア求刑は、終身でしたが……」

「それじゃ、あともう一年だ」

所長は警部をじっと見つめながら云った。

「きっと引き受けるね」

＊＊

「兇器って何でしょう」

俊子の母親は、新聞をよみながら、秋彦の母に云った。

「気味が悪いこと。でも囚人が帰って来る前にさがし出してこわして了ったんで御座いましょう」

「そう書いてありますわ」

「あの囚人は妙な男ね、なんて妙なことを云ったんでしょう」

「…………」

「私、あしたから、子供をあそばせにやりますわ、あの丘に行きたくって気違のようになっているんですもの」

＊＊

明る日から秋彦は丘へ出て遊ぶことを許された。

⁂

丘の酸模は段々に花を窄《つぼ》めて行った。

紅絹《こうけん》は、まだらになり、赤い点々になり、そして遂《つい》になくなって、野菊や、七草に丘が満たされた。

甲虫類《こうちゅう》は未《ま》だ多かったが、蟬の音は消え入るようになくなって、弱く弱く鳴く蛁蟟《つくつくぼうし》のみが幽《かす》かに喉《のど》を震わせて居た。

その代りに、蟋蟀や螽蟖《きりぎりす》が終日終夜声も涸《か》らさずに唄っていた。

老人のような腕《かいな》を持つ秋楡《あきにれ》が、ひよわいその葉腋《ようえき》に、淡緑色の小花を開き、それが秋雨と共にほろほろと散った。

その花弁こそ、秋の象徴ではなかったか。

冬は風に乗って来て、又飄然《ひょうぜん》と立ち去って了った。

残雪の柔かい水が俄《にわ》かに散り始めて、その隙間の黒い土に鶯《うぐいす》が訪れて、春の種を蒔《ま》いた。

丘の向う側には、雪に包まれた田が、何処までも広がり、逞《たく》ましい冬衣《ふゆごろも》を着た火山の少し前で限られて居た。火山の雪も段々に、すべり落ちて来るのである。

春が和やかにやって来た。

丘は紫を帯びた紅色の紫雲英に包まれ、遠くから見ると、浮び上ろうとする春の地気を広い紅絹が押えようとし乍ら、知らぬ間に押し上げられ、眠そうに揺らいででもいるようであった。

そうしている内に、酸模の蕾が大地の中から噴き出す、或《あ》る力によって、ゆらゆらと動いた。そして淡紅色の大輪が咲いた。

夏が廻《めぐ》って来たのである。

＊＊＊

丘の上で大勢の子供が輪になって遊んでいる。

草霞《くさがすみ》は、彼等の健康な足に、絡まり絡っている。小鳥である。

くるくると舞って、空の雲を、片端から引きさいて了うような身振りをする。

喉が破れそうな声を出して、低くよこなりにすっ飛ぶ。蟬が囂《かしま》しい。

足下に酸模の花が、狂おしいまで、身をくねらせて踊っている。

南風が青田から這い昇ってくるからである。

緑――。
明け放たれた緑。
――光。
――光!
光が満ち満ちて居る。

⁂

彼等の後に、黒い巨大な鉄の門がある。
金具がきらきらと光る。
その、きらきらが、ゆっくり動く。一寸――二寸――三寸、
顔が見える。男が出て来る。
面を輝かせて――そこにも光がある。
おお子供達が飛びついて行く。彼等は、緑に坐る。
さんらん!
酸模、
酸模!

酸模の花が……おお、其処にも——
あそこにも——そして此処にも。
彼等は、目を、丘の麓《ふもと》に下す。黒い、小さな塊《かたま》りがちらちらと近附いて来る。——女であった。
見える——秋彦の母親、俊子の母——三人、四人……

＊＊

女達の足音は冷やかであった。彼女等は近附くと、自分自分の子供の手をとって云った。

「何ですか、囚人なんかにさわって、まあ汚いこと」

そして手帛《ハンカチ》をとって子供達の手をふいた。

手帛はひらひらした。

男の目がそれを追う。

南風がにじんで来る。

「坊やは、何故、まあ、こんな汚いことをしてたの」

「なんて汚《けが》らわしい」

彼女達は恐ろしい勢いで男に、くってかかった。

追払らおうとした。

男は無言でこごみ、そして酸模の花をつんだ。

彼は子供達に一つ一つ与えると、するすると歩き出した。

男は振り向うともしなかった。大またに——歩く——女達は目を瞠《みは》ってそれを追って、茫然《ぼうぜん》とつったっていた。泪《なみだ》のようなものが、眼底から湧き上って来た。

併し女達は、しなければならないことをした。

彼女は、子供達の追おうとするのを空《むな》しく止めて了った。子供の右手が、どれも酸模の花を握って居た。

男は歩き歩いて村の出口へ出た。

陽は紅《あか》い。

酸模の花が密《ひそ》かにゆれる。

南風である。

「——お捨てなさい！——」

母の声は強かった。酸模の花は斜陽に燃える土に落ちた。

夕陽《せきよう》は、すべてのすべてを燃やしつくさねば気がすまなかったのだ。

ああ酸模の花が赤く赤く燃えた。

南風である。

＊＊

秋彦はそれから長い年月を経験した。

そして大人になり、或る年の夏、自分の故郷《ふるさと》に帰って来た。

酸模の咲き乱れる丘に立った。

その帯紅色の花は灰色の塀に沿っていた。

刑務所は今も灰色であった。

眺めは広かった。

生きる力の漲《みなぎ》る青田の彼方に、逞ましい火山がもくもくと黒煙をふいていた。

併し、只一つ違うところがあった。それは灰色の塀の陰であった。

小さい墓標が立っていた。

それに、――何十年も前の……そうだ――鉄の扉を微笑《ほほえ》みを以てひらいたあの男の名が刻んであった。

秋彦はもう忘れているに違いない。

彼は目を上げる。
火山の黒煙が、青空にのぼっては消えて行く。
おおその足下に酸模の花が――

家族合せ

終戦直後に妹美津子を腸チフスで亡くす（享年《きょうねん》17）。三島は号泣した。3年後の昭和23（1948）年、大蔵省勤務のかたわら本作を「文學季刊」4月号に発表。9月に退職し、『仮面の告白』の執筆を開始した。太宰治が入水《じゅすい》自殺したのは同年6月である。

こんなことはお前以前に何ぴともしたことなく
お前以後に何ぴともしないことだろう！

アラビヤンナイト第十二夜

どういうルールをもちどういう解決を見出《みいだ》す遊戯であったかは大方忘れてしまったが、輝子《てるこ》は小学校の幾年かを飽きもせずに遊びつづけた家族合せという遊戯について、その時ふと思い出した。トランプやジェスチュア、一人遊びなら人形ごっこやお弾《はじ》き、そういうどの遊戯と比べてみても、家族合せには何か格別の暗い翳《かげ》があるように思われた。花やかな紅白の市松や金銀の獅子《しし》などの裏絵に飾られたトランプと比較すれば、あの大正趣味の服装をしたへんに生真面目《きまじめ》な肖像画の下にかすれた活字で「詩人　星野菫《すみれ》」とか「軍人　国尾護」とか書かれている鄙《ひな》びた札の感じは、うすぐらい電灯のような滅入《めい》ったものであった。主人の札、細君の札、男の子の札、女の子の札、下女の札、犬猫の札、それで一家が揃《そろ》う遊戯であるらしかったが、それにしても六枚並べられた札を見ていると、家庭というものの持つあのうすぐらい電灯のついた部屋のような雰囲気が身に迫ってくるようである。

八畳の子供部屋の切炬燵《きりごたつ》で、夜の食事のあと手の空《す》いた女中たちを相手に、輝子と兄の主税《ちから》があきるまで遊ぶ癖がついたのは、同時にそんな年頃の子供が知らない夜更《よふ》かしをおぼえたことだった。二人は半分居眠りしている女中たちにかまわず時には十一時ごろまで遊んでいた。それを何ともいう人がなかったのだ。女中たちは勝手にお菓子をもちだして輝子や主税にはほとんどたべさせずに（尤《もっと》も二人ともあまり物をたべたがらない性《たち》の子供であったが）さんざんそれをたべちらかして居眠りをしたり二人の子供の相手にかわるがわるなりながら眠くなってくるととんちんかんな返事をしたり（輝子は女中という女中がどうしてあんなに肥《ふと》っていてすぐ眠たがるのか不思議だったが、しかし看護婦もそうなので少し不思議でなくなったが）朋輩《ほうばい》同士でとめどもなく猥《みだ》らな話をしたりするのだった。——家族合せの札はトランプの取澄ましたクインやジャックとちがって、その気品のない筆で書かれた顔に却《かえ》って肉感があった。そのせいでもあるまいが輝子は自分の好きな顔の札を自分の好きな人になぞらえて興がる癖をもっていた。

「会社員　灰殼木戸郎《はいからきどろう》……」、これ山口さんよ。山口さんのお兄さま」とか「息子　晃。

これ真山さんと同じお名前。よく似ていらっしゃるわ」とか輝子が云《い》うと、「いやだよお嬢さまは九つでもう男がお好きなんだよ」と女中たちは目顔で笑い合った。いつか親戚《しんせき》の娘が許婚《いいなずけ》と一緒に遊びに来たとき、二人がかえってから輝子が女中の耳に口をつけて、「あの方好男子ねえ」と言ったというのが、尾鰭《おひれ》をつけて召使の間に伝わっていた。普通の家庭だったら忠実な女中の口からそれが父母の耳に届きそうなものなのに、主人たちと召使たちとがお互に没交渉に暮らしているこの家ではそういうこともなかった。

ある晩のこと、主税と彼女はいつものように二人の女中を相手に家族合せをして遊んでいた。すると一人の女中が、「山口さんや真山さんなんて皆御親戚の殿方じゃいらっしゃいませんか。どうしてお嬢さまは御親戚の方に限ってお好きなんですの？」と輝子にたずねた。松井家を訪れてわざわざ子供部屋へやって来て輝子に構ってくれるのは親戚の若い人たちくらいのものだから、他に男の人なぞ知らない輝子は返事のしようがなかった。

「だって……」彼女は鬱陶《うっとう》しいほど毛の多いおかっぱ頭を、拗《す》ねるようにさらさらと傾けた。九歳の幼女に仕草だけは女の特徴が具《そな》わりながら、羞恥《しゅうち》がまるきりない。真昼の戸外であぶな絵を見ているような、変に麻痺《まひ》した感じをそれがあたえた。三十五にもなって独身の、いつもはむっつりして冗談なんか言ったことがないその女中は、顔からどくだみのような安クリームの匂《にお》いをさせていたが、その晩は常に変って饒舌《じょうぜつ》であった。「矢張《やはり》御親戚の方がお好きなんでしょう。じゃあ、お兄さまは？　一番近い御親戚だから一番お好きでございましょう。お似合いですわ。そうしていらっしゃると。お兄妹《きょうだい》のようでなくて、まるでお雛様《ひなさま》ですわ。お写真とらして頂戴《ちょうだい》。パチン。あらお兄さまの方が赤くなってらっしゃるよ」女中は強そうな歯をみせて、一段ずれたような高笑いをして、その不潔な笑いがいつまでも咽喉《のど》の奥で煮えていた。「莫迦《ばか》だよ、この人は」傍らの女中が朋輩の背中を真赤な霜焼けの手でどすんと叩《たた》いた。叩かれた女中は大袈裟《おおげさ》に炬燵蒲団《ぶとん》に顔を埋めたが、しばらくしてあげた顔には、目ばかり何かひどく狡猾《こうかつ》に活々《いきいき》としてみえた。だらけた顔がそんな異様な目のかがやきをもてあましているといった風だった。

「お嫁さんごっこなさいませ、チカさま。いいいい家族合せなぞより面白うございますわ。さ、お立ちになって。男のお子さまがおこたにばかり当っていらっしゃると偉くおなりになれませんわよ」

主税は子供のくせに疲れたような微笑をよくうかべた。こめかみにうかんでいる静脈が何か高貴なこわれやすいものとみえた。頬には子供に特有なあの桜桃色がなく、稚《おさ》ない貝殻に似たまっ白な薄い頤《あご》——それが意志の弱さのしるしでもあるような——をもっていた。のみならずへんな癖があって、その頤を軽く揺《ゆす》っていることがあった。「またそのお癖！　いけません」と女中は横柄《おうへい》なたしなめ方をしながら、自分から先に立上ってみせて、「さあ、お嬢さまもおこたをお出あそばせ。勝さんもさあさあ」

三十五の女中は手早く座蒲団を敷き並べると、輝子を仰向けに大の字なりにそこへ寝かせて、目をつぶっておいでなさいましと言った。何だってその時あんな女中の言いなりになったのかわからない。輝子は仰向けに寝るや否《いな》や無性に眠たくなってしまった。右の腿《もも》のところで強《きつ》すぎる靴下留がひきつって痛いのを直す気にもならなかった。その痛みがどういう行為の言訳にも立ちそうな気が夢心地にするだけだった。

主税は教室でお通じを洩《も》らしてしまった生徒のように真剣な蒼《あお》ざめた顔をして、立ちすくんだまま妹の寝姿を見下ろしていた。嘔気《はきけ》に似た好奇心に胸をしめつけられて。彼はもう十一だから女中が強いる遊戯の意味はおぼろげながらわかっていたが、自分のある部分に大人のように毛が生えていないという屈辱感がこのごろ頭を離れたことがなかったせいか、女中がこんな莫迦な真似《まね》をさせるのも彼の肉体の未成をあざけっているのだと思われて、矜《ほこ》りを傷つけられるあまりにがむしゃらな気持になっていた。

それはたまたま学校で体格検査があった日に、自分一人コンビネーションを着ていたために真裸かにならねばならなかったあの居たたまれない屈辱と似たものだった。

「チカさま、お嬢さまの上へそっと乗っかってごらんあそばせ」

女中は彼の腰のところを冗談半分に邪慳《じゃけん》に突きやって、ふと彼の脚がわなわなふるえているのに気づいた。こんな戯《たわむ》れが十一の男の子にこうも深刻な動揺をおこさせたと知ると俄《にわ》かに鼻白む思いだったが、それは却って残酷なしつこい興味をつのらせた。同じ気持が炬燵のむこうで見ている他の二人の女中にも伝わったらしく、かれらは目を見合わせながら笑い声も立てなかった。

主税はまだ崖《がけ》っぷちに立たされたようにためらっていた。妹の手首の上に正三時を指している玩具《おもちゃ》の腕時計を見たからであった。午後三時、――新らしいペンキの匂いのような、――明るく平穏な別の世界の時刻のような、――彼も妹も一度も出会ったことがない気のする。たとえば絵本の絵表紙のなかにだけ在るのかも知れない時刻。毎日それに出会わないことが、彼を学校でしらずしらずのうちに他の子供たちと分け隔てる、そういう時刻。腕時計はドイツから帰朝した叔父のお土産で主税が大事にしていたものを、あまり輝子が欲しがるままにやったのである。それを見ると、彼は自分が一番愛しているのは妹だということが痛いほどわかった。何故《なぜ》ともなく、妹も自分も大そう不幸な子供であり妹が死ねば自分も死ぬほかないように空想された。そして突然、「こんなことをしたら妹は死んでしまう」と思いついたので、主税は襲われたように烈《はげ》しく泣き出した。

畳の上へ倒れて泣いている彼を、女中たちは奥を憚《はばか》って急にいそいそした態度で甘やかしはじめた。妹はびっくりして人形のように足を投げ出したまま身を起していた。主税の泣顔には妹をしてそのままに看過《みすご》させない何かがあるに相違なかった。その泣顔がいつも酷《むご》たらしく、妹のなかにしまわれている大事なものを毀《こわ》してしまう。それを毀される狂おしい腹立たしさゆえに、妹も亦《また》兄を愛するのかもしれないのである。

輝子は目の前に膝《ひざ》を突いた例の女中のクリームくさい顔へいきなり爪《つめ》を立てた。逃げようとするその女の髪の毛をつかむと、それを引張りながら立上った。女の吊《つ》り上った白眼が一瞬髪の毛の間から見えた。頬を畳にすりつけて泣きわめいていた主税は充血した顔をあげて、妹に引きずられてゆく太《ふと》り肉《じし》の女を見た。すると濡《ぬ》れた目が子供らしい快活な光を帯びてきらきらした。……

戦争がすんで翌年の夏のある晩、そんなことを輝子がゆくりなく思い出したのは、兄妹二人住いの荒れ果てた家の二階で、主税のあわれな告白をきいた折だった。

「ああいやだ、ああいやだ、たまらない」

彼は機械的にだらしない口調でくりかえしながら、仰向けに寝ころんで白い頤を左右に軽く揺っていた。十分もまえに消えてしまった煙草《たばこ》を指にはさんだままである。医者の診断は神経衰弱というのであったが、彼の無気力は中学時代からはじまっていた。実はすべての根は幼年時代にあるのであった。クリームくさい顔をしたあの女中が十歳の年に忌《いま》わしい習慣を教えて以来、彼は学校にいても友達の顔をさえまともに見上げられない少年になった。しじゅう頭がところどころ熱いような冷たいような心地がして、目の下がぴくぴく小鳥のように慄《ふる》えるなど、自分の体が自分の体でないみたいだった。学校の講義なぞまるきり頭に入らなかった。校庭にみごとなカンナが咲いているのを窓からながめているときに、それは国語の時間であったが、読本の朗読を指名されて立上った主税は、いきなり「カンナが」と読み出して、みなの爆笑に会った。「君はなるほど詩人だよ」——青く剃《そ》った三角の頤をもっているまだ若い教師は冷ややかにからかいながら、操行点の欄に×を書いた。それほど彼は可愛《かわい》げのない生徒だったのだ。やはり九月はじめの同じ季節、かーっと反射している運動場で教練の授業をうけているとき、学生課の女事務員が運動場のはじを自転車に乗ってとおった。影と日向《ひなた》のさかい目を、光沢《つや》のあるうごきで美しい腰が揺れながら移って行った。何だか主税にはその女が自分を助けに駈《か》けつけて来たのに自分に気づかないで過ぎ去ってしまったという感じが咄嗟《とっさ》にした。すると苦しい思いで胸が一ぱいになって、担《かつ》いでいた銃がどすんと地に落ちた。配属将校が駈け寄って彼の頬を撲《なぐ》った。

「女に見とれて武士の魂を落っことしたか。腰抜け奴《め》！」

それは明らかに、他の生徒たちの思春期のものの感じ方に迎合した言葉だった。皆はその言葉で心おきなく笑った。主税のすぐうしろでひときわ気高い澄み切った笑い声がした。それだけに又、いくらか卑《いや》しさのこもる他の笑い声に比べると際立《きわだ》って残酷にきこえた。彼がふりむくと、それは彼がひそかに愛していた背の高い少年の声だった。

こんな魔のような嘲《あざけ》り笑いをきいてしまったからには、主税はもう堀口というその少年を忘れることができなかった。愛していないときは憎みながら。憎んでいないときは妬《ねた》みながら。

それ以来彼が主税の成長の一段一段をみちびいてくれたようなものだ。まず煙草、次に学校をずるけること、次にレビューの踊り子に花束を送ること、女学生に附文をすること。主税は何から何まで臆病《おくびょう》で不手際で、しかも思い切りがわるかった。過度の忌わしい習慣のおかげで、しょっちゅう耳鳴りがしている彼は、大人の体になれなかった。一つちがいの指導者堀口とは五つちがいにみえた。輝子とあるけば輝子の弟にみえた。蒼くて猫背で、小鼻の両わきから口のはたへ老人のように皺《しわ》がついていて、ベニヤ板を張り合わせたようなヤワな胸で、その上彼の歩き方はまるで内股《うちまた》なので、友だちという友だちが恥かしがって一緒にあるくのを避けるほどだった。——なぜ堀口だけはいつも一緒に歩いてくれたのだろう。年齢の弱さにひるみかかる自分の心を、相応の年齢へのびあがることさえできない傍らの主税を見ることによって慰めていたのではあるまいか。十七歳なら十七歳十八歳なら十八歳という何ともみっともない自分の年齢をあざけりたくなる時に、嘲られるにふさわしいひよわな友の肉体を傍らに見ることは、自分の自負を間接にぎりぎり痛めつけるために効果的だったからであろうかしら。

主税は又してもあの澄み切った残酷な笑い声を待っている他はないのだった。彼には自分で階段を上ってゆく力がなかった。介添の力だけが、彼の場合はあの冷たい笑い声だけが、彼を階段の次の段まで恩着せがましく押しやってくれるのである。ところがその笑い声は兵隊にとられてビルマへ行っているのであった。

戦争が済んだ明る年のこの春に、かえってきた堀口は主税を訪れて、早速その晩いかがわしい場所へ無理無体に誘い出した。彼の笑い声は昔とちがってしまった。そこにはさまざまな労苦にもめげなかった誇りが響くと共に、そういう労苦を頭から見くびってかかる純潔な誇りはもはや聞かれなかった。主税は目をつぶった。これでいい、このますぎれば、堀口なんかと赤の他人になれる。――彼とても、この年まで自分が童貞だったことを打明ければ、忽《たちま》ち堀口の唇にあの冷たい高笑いがよみがえるだろうことは知っていた。しかし何故だか主税にはためらわれた。少年時代のように自分に対して苛酷《かこく》になれず、いたわる気持がいつしか自己欺瞞《ぎまん》に変っていたものか。

厠《かわや》くさい三畳が二間ならんでいる。更に襖《ふすま》一枚へだてた奥は娼家《しょうか》の家族の住居であった。遅い晩飯の最中とみえて、にぎやかに箸《はし》をつかう音がよくきこえた。十歳《とお》ぐらいの女の子の声が、学校で在ったその日の面白い出来事を（どこの家でもそうであるように）立てつづけに一人で喋《しゃべ》っていた。うんうんと大人の声が受け答えをしている。その部屋にはこの三畳よりもずっと明るい電灯がともっているに相違なかった。かれらの声は、明るい電灯の下でなくてはきかれぬような、なにか平明な安らかさのただよう声であった。そういえばそこからひびいてくる食器のかち合う音も、小さな電灯の影像をちりばめたつややかな陶器のひびき以外のものではなかった。

午後三時！　いや今は夜の八時だった。しかし十一歳のある日の「午後三時」という記憶がよみがえったのも理《ことわり》だ。襖一重をへだてた家族こそ、あの塗り立てのペンキのように新鮮な午後三時という時刻を知っている人たちのように思われた。かれらは夜々を明るい電灯の下にすごす人たちのように思われた。輝子も主税も、父や母と一緒に御飯をたべたことが殆《ほとん》どなかったのだ。こう考えると、襖をへだててひっきりなしに行われる醜い行為にかかわりなく、むしろそういう行為を鼠《ねずみ》がさわぐほどにも考えず、年端《としは》のゆかぬ女の子もまじえて明るい食卓についているその家族がひどく神秘なものに思えて来た。人並はずれて清らかな、宗教的でさえある美しい家族だと思えて来た。癩者《らいしゃ》の体を洗いきよめてやったという伝説によってその皇后の幻が一そう確実な美しさを増すように、かれらの生活はどんなに醜い職業や罪をもつぐなってありあるもののように感じられた。襖一重かなたにあるこんな醜い行為のかずかずに虚心でいられるとはほんとうに容易ならないことだ。主税は人間の生活というものに、おぼろげながら、はじめて或《あ》る敬意に似た感情を抱くのだった。

十歳《とお》の女の子がふときれいな声をあげて、

「春の野辺には
雲雀《ひばり》があがり……」

と歌いはじめた。美しすぎる、と主税はその歌声をきくが早いか腹立たしくなった。さすがに大人の一人がシーッと言って女の子をたしなめたのがきこえた。一瞬歌の余韻もたちきれる密度の濃い沈黙があった。その瞬間だけ、かれらの部屋は真の闇《やみ》になったかのような気配がした。

主税の考えが逆転した。彼には奥の部屋と今いる三畳と、どちらがほんとうの人間の生活だかわからなくなった。シーッという露《あら》わな制止を耳にしたとき、向うの部屋の生活はこちらの部屋の生活に仕えているのだという無残な発見があとにつづいた。割りきれば割りきるほどわからなくなる人間のいとなみが、この二つの部屋の間に立ち迷うているようだった。襖のむこうの人々が虚心に喰べたり話したり笑ったりしているのは、何か不自然なふてぶてしさのようにも思えて来た。その堂に入った無関心が、三畳の間への無言の礼儀に他ならないとすれば、そうして護《まも》られているこの部屋の生活は一体何だろうか。この得体のしれない行為も亦《また》生活のうちだろうか。してみればここにもまた、「午後三時」の訪れることがあるのだろうか。

屈辱に耳をほてらせながら、主税は一、二分のあいだに右のような甲斐《かい》ない考えを追っていたのであった。埃《ほこり》にまみれた薔薇《ばら》の造花をわざとらしくからませて掛っている壁鏡に、彼の十歳《とお》の肉体が映っていた。寒そうに青い膝をそろえて、彼は床《とこ》の上にすわったままだった。娼婦は寝たまま、煮えるような軽蔑《けいべつ》の眼差《まなざし》で彼の顔を穴のあくほどみつめていた。

――しかしこの夜以来、主税は堀口に会うともう対等な身振で向い合っていることがでた。堀口のあらわな息づかいが洩れてきた襖には、サッポロ・ビールの女の顔の広告が赤茶けて破れ目を隠していたではないか。だから堀口は、彼にただ、ビールの広告の女の顔を教えた人間にすぎないという気がするのであった。

しかしそれだけでは、彼が輝子にこんな恥かしい告白をせずにいられなかった理由としては十分でなかろう。

もっと直《じか》な、苦い理由が他にあった。

主税の母が自殺して間もなく、父の松井博士は本郷の広い屋敷を処分して、この家に移り、空襲のはじまる前に肺炎で死んでしまった。残された兄妹は疎開《そかい》しようにも荷物をどう動かしてどう送るかを相談する人もないままに、空襲中は庭の薄っぺらな防空壕《ごう》で子供のように抱き合ってふるえていた。こんな時、（といって普段もそうだが）、主税はから意気地がなかったのである。世田谷の一角であり、庭がひろかったのも幸にして焼け残ったこの家は、二階が二間、階下は離屋を入れて六間の隠居所風であった。

それはともかく、戦争がすんだ翌年の春ごろに、この家がどんな為体《ていたらく》になっていたかをまず述べる必要がある。

父が作っていた庭いちめんの野菜畑は、今は荒れ果てて、唐茄子《とうなす》やトマトの強い茎がちりちりと枯れた葉の間にこわばっていた。庭木は殆んど薪にされ、主税が乱雑な切りようをするものだから、丸坊主《まるぼうず》の木や切株や上半身切られた木や枝をすっかり刈り取られて旗竿《はたざお》のようになった木などがかったい病みのように庭のそこここに立ちすくんでいるさまは奇怪な眺めだった。――畑の荒廃はわけても目立った。春先から飢《き》饉《きん》のうわさが飛び、庭があるほどの家で耕さないところはなかったからだ。しかし松井家として見れば畑の荒廃にも意味があった。ここへ移ってはじめて父がやりだした畑仕事は、見る目に快いものではなかった。妻の死を忘れようとする苦役の感じが、物ほしげなほど露わであった。こういうわざとしょげたような恰好《かっこう》をよく妻の前でしてみせる癖が博士にはあったが、彼女が世を去っても、彼女をいつも苛立《いらだ》たしくさせたそのいやな癖が無駄な非難のようにつづけられたのである。夏のみのりにも畑のながめは明るくもなく美しくもなかった。とれた茄子には灰を舐《な》めるような苦役の味わいがあった。

博士が死んだ時はあたかもみのりの季節だったが、輝子は、かがやかな初秋の日ざしに熟れづいている庭の畑が、じっと見ていると紛う方ない苦役の表情をうかべて来るのに気附いた。彼女は庭下駄《にわげた》をつっかけて片っぱしから畑をふみつぶして歩いた。――庭はまだしもよかったのだ。もし母の幽霊が部屋部屋をつぶさに歩いてみたら、腰を抜かすだろうと思われる家の中のかわりように比べれば。

女中は空襲と共に逃げ出して居なかった。煮炊《にたき》や家事一切は輝子がした。というと聞えがよいが、八間のうちたまに二間三間の掃除をする他、配給の仕事や買出しには兄を使い、輝子は下手なお料理をするだけであった。それも面倒くさくなると、煮ないで生《なま》で出したり、焦《こ》がしっぱなしにしてお鍋《なべ》ごと食膳《しょくぜん》へ持ち出したりした。

そのかみの婦人問題の権威、松井博士の書物は昭和十二年大学を退くと共に、たださえ減退していた売行がぱったり止ってしまった。母が死に父が死んだあとでは夥《おびただ》しい書物といくらかの動産とこの土地家屋だけが残った。松井家へ出入りしていた男が復員して古道具屋をはじめ挨拶《あいさつ》に来たのを機縁に、終戦後の半年ばかりは売喰い生活の面白さにわれをわすれたほどだった。彼は仲間の古本屋もつれて来た。古道具屋と古本屋は一日家に上りこんでお茶を飲みながら執達吏気取であった。

「こんなに沢山！　まだこんなにある」

手拭《てぬぐい》で頰かむりをした主税が、子供のような喜びの叫びをあげて、父の書庫から唯《ゆい》物論《ぶつろん》関係の原書を山と抱えて来た。

――こうして半年もたつと、どの部屋も、目隠しをして平気で歩けるようになった。主税は二階の二間を使っている。一方を寝室に充《あ》てていた。――あの一夜の失敗から、彼は殆ど外出もせず、昼も夜も寝床にごろごろして書物を読みかけてはやめたりしていた。

春もおわりのある晩に、階下の輝子の部屋のあたりでふしぎな足音がした。彼ははっきりとそれを聞きながら、怖くて下りてゆけなかった。

あくる朝、何もしらないと言い張る妹の顔は明らかに嘘《うそ》をついていた。その隠し立ての下手すぎることが、それ以上問いつめるのを大人げないことだと思わせてしまう。主税はわからないなりに、わかったような顔をせねばならなかった。――度重なってその物音が何を意味しているかがわかってからは、主税はもう妹に何もたずねる勇気がなかった。

彼はただそれを意味のない『夜の音』だと考えようと努めた。今までさまざまな家具・調度に押しつぶされていた部屋部屋が、思い切ってのびをしてめりめりと音をさせる、そんな物音だと考えたかった。彼にはがらんとした階下の夜が想像された。輝子はむかしから怖いということを知らない子供であったが、あんな何もない部屋部屋に囲まれて一人で寝る豪胆は、昔の好色譚《たん》に出て来る大力無双の女を思わせるではないか。それにしても夜の物音に人の話し声や高笑いがまじるのは只事《ただごと》ではなかろうに、一度こうと決めた位置から動くのが怖くてならない主税は、寝床を出て階下へしらべにゆくことなど思いも及ばなかった。そこで床からわずかに頭を出して、畳に耳をつけてはむさぼり聞いた。忽《たちま》ち耳もとでするかのような深いあわただしい息づかいが聞えてくる。それのみか彼の目は家具も何もない部屋に葱《ねぎ》のように白い女の脛《すね》がひらめくのを見、ふしぎにしずかな動作で行われる一連の行為の委曲をつくした幻を見るのだった。

……輝子は兄のそんな臆面もない告白をきいているうちに、その告白が兄自身を辱《はず》かしめるよりももっと端的に、輝子を辱かしめるためのものであったことに少しずつ気附いて来た。すると二人の母であった人の勇ましい死に方が思い出された。思い出と言い条、それは晩年の父が兄妹に向って言葉すくなに語ったところに拠《よ》っており、それを恰《あた》かも二人が見たものの思い出のように綴《つづ》り合わせたものにすぎなかった。

ある時博士は植木屋をよぶのも面倒と思い、書斎を暗くしている青桐《あおぎり》の一枝を、書生に命じて切らせていた。二階の書斎の窓に博士はもたれて、恰かも梯子《はしご》のてっぺんに足を掛けている書生と真向いの場所で指図をしていたのだったが、田舎の青年に似合わず不器用な鋸《のこぎり》の引き方が、梯子をきしませ青桐の葉全体をざわつかせた。すると妻が下を通りかかった。彼女が庭へ出ることは大そうめずらしい。裏庭の花園へ行っていたとみえ、手に百合《ゆり》を二本もっていた。

「何をしているの？」

妻はそんなことを言ったようだった。微笑して見上げた顔が心なし蒼《あお》ざめてみえた。博士はそれを青桐の葉のせいだと考えた。百合をもった手が青みがかった博多帯の上で美しかった。

やがて彼女は何か危険を感じたように、そそくさと身をかがめて木かげの苔《こけ》の上に百合を置いた。そして梯子によりそうと、二の腕もあらわに高く高く手をあげて梯子を支えた。異様な力がその腕を流れているらしかった。梯子はもう揺れなかった。

博士は妙な不機嫌を感じた。妻の態度は立派なものだった。この、女らしくない烈しい手助けにも気附かずに、樹《き》の上から感謝の言葉一つ投げかけない書生の感じの鈍さが不機嫌の原因だろうと考えられた。

「おい、君、奥さんが梯子を押えていてくれるんだよ」

「はっ？」

書生は無理な姿勢でこちらを振向いてみせた。その拍子に梯子はまたぐらぐら揺れ出して、妻の体が梯子と一緒によろめいた。それでもなおこちらを見上げている妻の笑顔は、幸福そうで且《か》つ沈着だった。――博士はふと思い出した。長男の主税が生れた直後、まだ若かった彼は、油汗でじとじとしている妻の掌《て》を握っただけで、永生の信頼を委《ゆだ》ねえたような胸苦しい歓喜と不安にのぼせていた。その時の妻は彼よりはるかに大人に見えた。彼女の心の機能は母という一機能だけしか動かなくなり、おかしなことに、見舞に来ていた彼女の母よりも彼女の方がずっと「母」らしく、年齢の較差をこえて、彼女は彼女自身の母かと見えた。まるで何かの儀式のように、医者も看護婦も良人《おっと》も肉親たちも、この「母」の顕在の前に一人の「子」として膝まずいているのだった。少くともあの一日、彼女は彼女の目にふれるもの凡《すべ》ての母であった。蜜《みつ》蜂《ばち》の。小鳥たちの。花々の。籠《かご》に盛られた豊麗な果物の。――そうだあの時、華子はこれとそっくりの幸福と沈着の微笑で彼を見上げた。「大丈夫かい」「大丈夫ですよ」そんな確証のない誓い言を、その微笑が或る微妙な羞《はじ》らいに充《み》ちた確証を以《もっ》て戯れがちに告げていた。あれ以来一度も華子は同じ微笑をうかべたことがなかった。今彼女は誰に云おうとしているのだろう。「――大丈夫ですよ」と。「やあ」――田舎の青年、この久《く》留《る》米《め》絣《がすり》のよく似合う九州出の美《び》貌《ぼう》の書生は、揺れる梯子が子供じみた気持で却《かえ》ってうれしそうに、

「奥さま、押えていて下さったのですか。これはどうも」

それにはどことなく巧んだ朗らかさが誇張されていたものだから、いきおい博士は

こう考えざるを得なかった。『今はじめて気附いたのではないのだ。妻が梯子を押えたはじめから気附いて黙っていたのだ。なぜ黙っていたのか？　礼を言っては私に悪いというのか？　礼を言わないから私は不機嫌になったのではないか？』――これは梯子の挿話ではない。白い二の腕の挿話である。こんな些細《ささい》な場面が妻の死後永く博士の脳裡《のうり》に残ったのも、不安定な梯子の思い出からではなくて、高くかかげた妻の百合のように白い二の腕のためであった。この白い腕が、妻に関する記憶のなかに、美しいがどこか不快な感じのする畳句《ルフラン》のようにしばしばあらわれる。

ある夜更け妻が午前一時の夜食を（それは研究の必要からの習慣だったが）書斎へ運んで引取ったあとで、書生に貸しておいた原書が急に入用になった。いくら押しても、こわれているらしい呼鈴は鳴らなかったので、博士は自身で書生部屋を訪れた。玄関の傍らにあるその書生部屋を、博士が自ら訪れたことは十数年来かつてなかった。こんな偶然とも必然ともつかぬ突飛な訪問のおかげで、博士はそこの垢《あか》じみた木綿蒲団の上に妻と書生の寝姿を見ることになった。

明るい電灯にいきなり照らされて、二人はその明るさの意味を覚《さと》りながら、まだ毛筋ほども動かずにいた。博士は目の前に異常なものを見ているという気がしなかった。当然なものが当然なところにあるという感じが消えなかった。男の頸《くび》を抱きしめても

抱きしめても解《ほど》けてしまいそうな滑らかな疲労にようやく知覚を失いつつある白い腕、それが妻の腕としてでなく、女の肉体の一部として、博士の心をそそる余裕さえあったのだ。あとわずか躊躇《ちゅうちょ》すれば、博士は目の前の存在から判断を迫られるに相違なかった。その判断が強いる苦しみに比べれば、どんな屈辱もまだましだった。素速く電灯を消して部屋を逃げて出た。おいおい泣きながら一人のベッドにもぐりこんだ。

ところがこの間の抜けた処置で苦しまなければならなかったのはむしろ恋人同士のほうだった。見のがされたことが華子の矜《ほこ》りを傷つけたのである。ともすると自分は良人を一風変った方法で愛していたのかもしれぬと思い出した。即《すなわ》ち「情事を隠す」という情熱で。

今まで博士の内に良人としての見事な矜りが残っているとしらずしらず夢みていたればこそ、情事の隠し甲斐もあったというものだ。隠すことの情熱が彼女の生甲斐になっていた。それというのも、もし露見すれば即座に良人は自分を殺すだろうという甘い期待に支えられてのことだった。

もしか良人はピストルをとりに行ったのかと思われた。一旦《いったん》油断させるために灯を消したのかもしれないと思い返された。華子は又もや良人に灯をつけられる期待を以て、裸かのまま恋人の傍らに身をよこたえていた。裸かでいることが、自分の罪の清らかさを、何ものかにむかって訴えてくれるような気がした。

しかし待てど暮らせど、(そうだ、朝までの数時間、殺されるという望ましい死と、そのうらはらの絶望的な死と、二つの幻影に彼女を苛《さいな》みつづけて)とうとう良人は現われなかった。

——あくる朝、彼女は自室の清浄な寝床の上で、白い左の二の腕に手ずから薬液を注射して死んでいた。

十分もまえに消えた煙草を主税はまだその薄黄いろい指にはさんだままだった。単調な羽音を立てて黄金虫が部屋のなかをとびまわっていた。それが電灯の笠《かさ》にぶつかると、倦《だる》い莫迦《ばか》みたいな余韻が落ちて来た。

輝子は理解した。兄のものほしげな告白は妹としての自分へでなく、娼婦としての自分へのものであることを。主税の悩みは何か途方もなく潔《きよ》らかな架空のものに思われる。すると彼女は彼女の階下の生活がこうも兄を苦しめたことに矜りを感じるのであった。

「お可哀想《かわいそう》ね、と言われたいばっかりに、そんな哀れなことを仰言《おっしゃ》るのじゃないの？

お兄様……」——輝子は花やかなほど勢《きお》い立った目付で主税を見詰めた。「わたしたちはお兄様の思っていらっしゃるような汚ない処《ところ》にいるのではないことよ。そんなことをわたしに向って仰言る気におなりになったのは、決して御自分が子供の体で一人前の男の喜びを味わえず毎晩わたしの部屋から伝わってくる物音に苦しめられたからではなく、ただわたしや御自分が汚ないところにいるというだらしのない安心がさせることなんだわ。もっとしっかりなさいまし。女を知らない体がどうして不幸なものですか。わたしの体を知った男はみんな不幸になるばっかりだわ。わたしお兄様をお可哀想になんて言えないことよ」

そう言うそばから、輝子は惜しげもなく涙の滴《しずく》を次々とこぼした。

「どうして泣くの。輝子にはまだわからないんだね。言ってしまうよ。何もかも言ってしまうよ」

「ええ、言って頂戴」

「これを言えばもうおしまいなんだよ。……輝子ははじめ僕がどうして階下《した》へ下りてゆかないかとしつこく訊《き》いたっけね。僕はあいまいに笑っていたね。あの晩はじめてお前はどこかの男を連れ込んだのだ。そして僕に勝ったと思ったんだ。僕という人間を護るには、僕に勝つ他はないことを知っていたのだ。それから夜になると、僕は一度も階下へ下りてゆかないようになった。輝子は僕がお前の行為を黙認したときめてしまった。お前もお母さまにそっくりだった。誰か一人ゆるしてくれる人がいれば、その行為が立派なものとして通用すると信じている。そうしてお前は僕のためにも張りを与えてくれているつもりなのだ。お前の思いやりは濃《こ》まやかになった。もちろん僕の部屋へ、変な男を一歩も入れようなどとはしなかった。お父さまのように僕は重荷を託《かず》けられ通しだった。

でも今では輝子のそんな安心が僕には苦しくて見ていられなくなった。お前が僕にだまされて、だまされながら好《い》い気になっている安心が。いいかい。僕は第一お前をゆるす資格なんかないんだよ。一人の男がお前をゆるしていると思ったら大間違いだよ。僕の体は十歳《とお》の子供にすぎないんだ」

これを聞いた瞬間、輝子には家じゅうの生活がガラガラと音を立てて崩れかかるような気がした。最初の矜りを傷つけられた一つの記憶、九歳という異常に早い初潮を聞いた母の目に、見あやまりようのない蔑《さげす》みの色のうかんだ記憶がふと頭をよぎった。輝子は荒々しく髪の毛をかきやって兇暴な目付で兄の目を灼《や》きつくそうとするかの如《ごと》く見た。

「わかったわ、もう仰有らなくて結構だわ。わたしお兄様を一人前の体にしてあげるわ。そうすれば幸福におなりになれるんでしょう。犬のような幸福に」

輝子が立上ったので主税も逃げ腰になって立上った。彼は後ずさりした。むかし女中の髪の毛を引張った時の妹の凛々《りり》しく逆立った眉《まゆ》を思い出した。すると彼は妹に打明けた苦悩や悲しみのありったけがみじめなお芝居にすぎなかったような気がして来た。いざとなれば主税の最後の逃げ場所としては、あの胡桃《くるみ》のように固い、歯の立たない純潔しかないのだった。その隠れ場所を失ったら彼はどうすればよいのだ。あんなにまで呪《のろ》った純潔を、こうして彼は、後生《ごしょう》大事に持ち出そうとするのだった。

「淫売《いんばい》！　地獄！　お父さまの家へ見ずしらずの男を毎晩引張り込んだりしやがって。道理でこのごろの御飯はみんな精液の匂いがしてるんだ。おまけにお前の髪の毛が一膳に二三本は必ず入っていて、御飯をたべるたびに歯にじゃりじゃりからまるんだ。ははあ、お前病気だね。それもよほどひどいんだね。そんなに毛が抜けるようでは。——夜になるとその赤っ茶けた髪の毛を男の舌がべろべろ舐《な》めるんだろう。しまいには体じゅうを舐められて水ぶくれがしてくるよ。何だいその目付は。兄貴にまで色目を使うのかい」

「黙って！　黙って！」輝子は子供らしい鼻腔《びこう》をひろげて、息をはずませているのだが、はりつめた憎しみは無垢《むく》な怒りに結晶して来て、運動をしている時のようなあけっぱなしの快さが体のそこここに火をふいてくるようだ。

「そんなこと言わせない。お兄様にそんなこと言える筈《はず》がない。一人前の男の言草です、それは。なんだい意気地なし！　妹に喰べさせてもらっていて、妹を喰い物にしておいて……」

彼女はほとんど笑い出しそうだった。昂奮《こうふん》してくると兄のあの頤を振るくせが大振りになるのである。今やどうでも兄の純潔に罰を課することが、自分の滑稽《こっけい》な義務だという風に考えられた。

主税が小鳥のようなちいさな悲鳴をあげた。輝子の唇が、何だか唇だけ飛んで来たように、兄の唇にふと吸いついたからだった。

「何をするの？　何をするの？」彼の上ずった幼ない叫びと共に、恐怖にみひらかれた目のなかに青みがかった無垢なかがやきがあるのに気付くと、輝子は嫉《ねた》ましさと矜りとの奇妙に錯雑した感じを味わった。兄と妹という一番近くて一番遠い隔たり、わけても主税の頑《かたく》なな純潔、それらは輝子の勇気を却って煽《あお》るのに役立った筈なのだが、いざ彼女が兄に頓着《とんちゃく》なく着物を脱ごうとして、あけひろげた明るい二間の部屋を見まわした時、この部屋のむなしさが輝子の肩を凍らしたのである。よく下の部屋で男を迎えてやさしく灯《あか》りを消すときに、彼女は二階の兄の部屋にともる午後三時の光線のような明るい灯火を思いうかべぬことはなかった。その刹那《せつな》には、生活というものの心おきない涼しさが胸をかすめてすぎるのだった。だが今では、何を夢みて灯りを消せばよいのか。今ここの灯りを消してしまったら、彼女には何が残るだろうか。

「よしましょう、こんな莫迦なまね」――心が挫《くじ》けて輝子は澄んだ低声《こごえ》になった。「お兄様が勝ったんだわ。何でも仰言るとおりにするわ。二人でもう一度子供になりましょう。今夜一晩だけでも……」

主税は何が輝子を突嗟《とっさ》に変えたか知る由《よし》もない。自分のあやふやな勝利に一そうみじめな気持になって、壁に背中をつけ両手を深くズボンのポケットに突込んでベソをかいていた主税には、それを聞くとうちのめされたような眠たさが来た。一日中遊びつかれて寝台の上へ這《は》い上るのがやっとな位いの、あの加速度で落ちてくる怖《おそ》ろしい眠りであった。

「一緒に寝ましょうね。子供のように」

「うん」

「ああ、消さないで。わたしは灯《つ》けておいて寝るのが好きなの」

主税は電灯のまばゆさにちかちかする目をとじて考えた。彼は娼家のあの明るい家族の部屋を夢みた。午後三時の時刻も。妹の乳房が彼の腕をこわばらせ、夏蒲団の下に麹のような温味がこもって来た。これこそ明るい部屋だ。彼は自堕落な気持でくりかえした。窓からは深夜にただ一つの灯りをめざして夥《おびただ》しい虫が訪れ、いくつかの黄金虫が笠にぶつかっては落ち、また緑と金の翅《はね》をきらめかせて飛び立った。蒲団の上は雪のような羽虫の群だった。夢とうつつの境で、主税は階下の暗い部屋々が暗い海の流れのように移動しはじめると感じた。その中をこの明るい部屋は小舟のように、輝子と主税をのせて漂流しているのだと。

しかし輝子は娼婦の眠りを眠っていた。いいかえればそれはあらゆる汚れを覚醒時《かくせい》にゆだねてしまった人の、最も虚《むな》しい清らかな眠りであった。彼女は夢など見なかった。

――時刻は明け方だった。空のどこにも明るみは来ていなかった。主税は目をさまして聴耳を立てた。たしかに階下であの聞き馴《な》れた夜の音がしているのである。廊下をあるき、障子をあけ、ひとつところを足音は行ったり来たりしていた。

「輝子……」

「なあにさあ」

彼女は鎌首《かまくび》のように白い腕をもたげて、兄の首に巻きつけた。主税にはそれを払う力がなかったので、そうされたままだるそうに囁《ささや》いた。

「おきき、音がしている」

「音？　さあ大変だ」──輝子のおちかかったヘア・ピンがそのとたんに兄の頰を刺した。彼女は目をみひらいた。その童女のような大きな黒い瞳《ひとみ》が主税を怖がらせた。

「さあ大へん。あの男だ。夜ふいにやって来るのはあいつに決っている。お兄様！　どうしよう。

あいつはわたくしを奥さんにするつもりなのよ。お兄様のことを疑っているのよ。いつも会わせろと言って聞かなかったの。お前の男だとわかれば殺してやると始終言っていたの。……抱いて！　わたしを抱いて。もっとしっかり……」

そう言いながら輝子の眼差《まなざし》は、早くも、人に裸身を見つめられている女特有な、見つめられていることに心も肉体も託《かず》けてしまうあのいたましい恍惚《こうこつ》の翳《かげ》を帯びはじめていた。それはもっとも悪徳に近い酩酊《めいてい》であった。それにしても昔母のふしだらが父に見つけられた瞬間に、母の恋人・あの若い書生はどんな姿勢をとっていたであろうか。主税はふと自分が抱いているものは母だと考えるのだった。すると彼の頰は、子供らしいがむしゃらな、気違いじみた勇気でほてって来た。

足音が階段を上って来る。

主税は頭をまっすぐに上げて階段のほうへ瞳を凝らした。その足音が何故か突然堀口の足音を思い出させた。堀口ではなかろうか。ここへ現われ、このありうべからざる破倫を見、そして二人を犬のように殺すのは、正に堀口ではないだろうか。

しかも輝子は下から兄の顔を見上げて喜びに充ちた私語を洩らした。「嘘だ。この人が子供の体だなんて。立派な男だわ。私をこうして抱いて。敵を迎えて。死をおそれずに」

――足音は階段を上りきらない。

主税はいつしか、彼の全自負を賭《か》けて、即座の死をねがっている自分の姿を見るのだった。二人を立ちどころに処理する玩具のように軽快な兇器や、暁闇《ぎょうあん》のなかへ流れ出る血潮の色を思いえがいた。病人が快癒《かいゆ》を思いえがくように痛切に。――階段の上の一角には、もっとも暗い翳がある。今足音が辿《たど》りつこうとするその場所に、輝く裸の子供たちが手をつなぎ、花々をまきちらして浮んでいる幻が見られた。歌いながら。踊りながら。

春の野辺には
げんげ花咲き
雲はうつくし。
雲雀はあがり……

日食

昭和25（１９５０）年6月、朝鮮戦争勃発《ぼっぱつ》。７月、金閣寺が放火により焼失。８月、警察予備隊が発足。９月、「夕刊朝日新聞」に本作を発表した。この年、初期の力作『愛の渇き』を刊行する一方、夏の終り頃から『禁色』の取材のためゲイバーに通い始める。

妙子《たえこ》は今朝の新聞の日食の記事を念入りに読んだ。稚内《わっかない》では雲一つない晴天であったので、日食ははっきりと観測され、その時刻には午後五時ごろのような暮色が、日ざかりの地上に漂ったということだ。

日食というと、その日が自分の結婚記念日のような気持が妙子はする。一昨年の五月九日の日食の日が、松永と結婚式をあげた翌日であった。

戦争で両眼を失った松永と、妙子が結婚すると言い出したことは、両親をおどろかせ、友達をおどろかせた。感傷的な気まぐれにすぎないとみんなは言うが、その実、妙子は感傷的な女ではない。少しばかり人並以上に独占欲のつよいというところはあるが。

すでに妙子は妊娠していた。両親が折れて出た。しかし古風な暦にばかりこだわって決めた挙式の日取りが、日食の前日だったことに気がつくと、御幣《ごへい》かつぎの母親はまたひとしきりこの偶然を苦に病んだ。

「いやだ、いやだ。日食だなんて縁起でもない」

「お母様ったら、日食と三りんぼを一緒にしていらっしゃるわ。いいじゃないの。太陽が松永に花をもたせて、にわかめくらになってくれるんだから」

「あきれた自信だ。負けましたよ」

あくる日、熱海の山腹のホテルの庭で、妙子はこの会話を思い出して微笑した。傍らのイスには黒眼鏡をかけた花婿《はなむこ》が、五月の日光を浴びてうずくまっている。昼食のあとである。雨が朝のうちにやみ、庭のぬれた石畳に、赤いバラの花びらがはりついている。海にみえるゆるやかな潮の輪は日食のせいではあるまいが、神秘なバラ色をたたえている。給仕長がすすを塗ったガラスを貸してくれたので、妙子が目にあてがうと、

「どう？　欠けはじめたかい？」

松永はそうきいた。

「ええ、今ちょうど三分の一ほどね」

「どんな風に見える」

「黒いガラスで見ると、太陽って、まるでめのうみたいね」

「そうかね。ぼくには太陽というと、絵に描いたような、まっ黄いろにもえている大きな火の玉しかうかんで来ないよ」

二年後の今日、日食の記事を妙子が念入りに読んでいるのは、良人《おっと》に話して、あの日の影像を、もういちど良人の心にあざやかによみがえらしたいと思ったからである。

妙子は新聞や小説を毎日松永に読んできかすのを、たのしい日課と考えていた。目があいていたころの松永の記憶を妙子はしっとする。彼女が手間をかけ正確に、忠実に、盲目の良人の心にえがいてゆく外界の影像だけを妙子は良人が守ってくれることを信じている。

良人の心の世界は、妙子がえがいてあげた絵のとおりでありますように！

「稚内の日食の記事もよんであげよう」

妙子はいそいで立って良人のそばへ行った。松永はやっと満二歳になった長男をひざにあそばせていた。赤ん坊はひざから乗り出して、畳の上の白い包紙に、何かつぶやきながらクレヨンを塗りたくっている。

松永はその小さな手の動きを手でさぐって、

「妙子かい？　坊やが何か絵を書いてるらしいよ。見てごらん」

「ほんとう？　生れてはじめて描いた絵ね」

妙子はそっと紙をとりあげた。赤ん坊は紙の一端を離さない。その目は、きらきらともえている。

紙いっぱいに、黄いろのクレヨンで、大きな、まっ黄いろな、もえさかった火の玉が描かれていた。太陽の絵であった。

その瞬間、何故《なぜ》だか妙子は、この子が自分の子ではないような気がした。

どんな絵、と良人にきかれた彼女は、心なしかつんけんしてきこえる口調で、こう答えた。

「なんだかめちゃくちゃな絵。……絵とはいえないわ。まだ意味のないいたずら書きね」

手長姫

昭和26（1951）年4月、マッカーサー元帥《げんすい》解任。「小説新潮」6月号に本作発表。9月、サンフランシスコ講和会議。12月、戦後日本の節目の年に世界一周旅行に出発。その紀行文集『アポロの杯《さかずき》』には、太陽への飢渇と新しい自分への決意が滲《にじ》む。

一

金沢家の跡目は、事実上は一人の気違い女でもって絶えてしまった。彼女は十五年も病院に入っていた。病院では、季節の変り目などに突拍子もない兇暴《きょうぼう》な発作をあらわしたが、それ以外のときは気味のわるいほど大人しい模範囚でとおっていた。鞠子《まりこ》は神妙に「服役」していた。

ふだんの鞠子は罪を償っているという感じがあらわに見てとれたが、何の罪だか誰にも見当がつかなかった。こんな小心そうな可憐《かれん》な顔立ち、掌《てのひら》に収まるほどの愛らしい体つきから想像できる罪はなかったのである。しかし彼女はまじめにこの病室を牢《ろう》獄《ごく》と考えていた。ときどき看護婦にきくのであった。「刑期はあと何年でしょう？」

それからつけ加えてこう言った。

「そう、あたくしは無期だったわね。忘れていた。それでも恩赦があるかもしれないでしょう。皇太子様はまだお生れにならないの？」

一度猛烈な発作を起したときには、看護婦との何か感情的な行きちがいで、看護婦が彼女の恩赦を握りつぶしてしまったと勘ぐったのである。

鞠子は五日ごとに「正」の字が一つ出来るように毎日壁に爪跡《つめあと》をつけていた。看護婦にこう説明した。

「学校でお書取りの紅白試合をすることがあったのよ。組から二人出て、紅と白の白墨で黒板に両方のお点を書いてゆくの、お点が五点ふえると正が一つふえるの。それでおぼえたのよ、こういう数え方を」

この五十をこえた女は十八歳の化粧をしていた。十八歳の喋《しゃべ》り方と身のこなしを模していた。

彼女の城廓《じょうかく》は、額画ひとつない灰色の部屋である。ベッドとナイトテエブルと椅子《いす》二脚のほかには何もない。夜は目を刺戟《しげき》せぬように遮光した五燭光《ごしょくこう》の電灯が、この部屋を土牢のように見せ、昼は鉄矢来を外《そと》に組んだたった一つの窓から、汚れたガアゼのような曇り日の光線が落ちて来る。精神病棟の入口には鍵《かぎ》がかかっていたが、病室のドアにいちいち鍵があるわけではない。それだのに金沢鞠子の頭に、この部屋に鍵がかかっていないという事実を納得させることは誰にもできない。ドアをあけることは脱獄だと思っているので、そんな不謹慎な叛逆《はんぎゃく》で又ぞろ刑期をのばされる恐怖から、ドアに手をふれようともしないのである。

しかし時たま、鞠子が刑務所慰問団と呼んでいる歌い手が、「特にさし許されて」、彼女の牢獄を訪れた。団とは言い条、歌い手はたった一人の気の触れた青年である。気が向けばどこの病室へでも木戸御免で出入して歌をきかせたが、鞠子には彼が刑務所長の特別の許可を得てやって来る正気の――つまり外の世界の――人間としか思えなかった。

彼はまずノッブを慎重にまわしておいて、それから小粋《こいき》に肩でドアを押して入ってきた。大てい手には架空の楽器を携えている。即《すなわ》ち首から下げたギターやアコーディオンやウクレレを弾く手つきをして入って来るのである。鞠子は彼の来訪の予告があると、おめかしをして椅子に掛けて待った。

青年の目には鞠子の姿はちょっとした花瓶ぐらいにしか映らない。彼はすぐ窓際《まどぎわ》へ行って、誰の顔も見ないで歌い出した。まかりまちがって他人の視線が自分の視線と出会おうものなら、裸のところを見られた少女のように、彼の瞳《ひとみ》はわなわなと慄《ふる》えた。

年に似合わずこの青年は、昔はやって今はすたれてしまった流行歌しか知らなかった。というのは、神経衰弱という体裁のよい病名で家にごろごろしていた永いあいだ、彼は偏執的に家蔵の古レコードばかりを掛けて暮していたからである。

彼はどんな陽気な歌でも陰鬱《いんうつ》に歌った。狂人特有の単調なのっぺらぼうな悲哀の調子である。犬の遠吠《とおぼ》えに甚だ似ていた。その歌は正気の人の耳がきけば、心を底しれず重たくされるような歌であった。

鞠子の耳には同じ歌が世にも朗らかなたのしい歌声に響くらしかった。彼女の指は膝《ひざ》の上で調子をとった。

「沙漠《さばく》に日は落ちて

夜となるころ……」

その小さな唇には愉《たの》しげな法悦の表情が泛《う》かんだ。彼女はしんから可笑《おか》しそうに、笑いをこらえる皺《しわ》を目元に刻んだ。バザーの日の女学生のように彼女は幸福に見えた。

悲哀が人を愉しませているさまは気味のわるいものである。逆光の中に上下している青年の異様に突き出た鋭い咽笛《のどぶえ》と、これを見上げて頷《うなず》きながら調子をとっている娘作りの五十女の真白な顎《あご》とを見比べて、看護婦は軽い嫌悪《けんお》に襲われた。こういう嫌悪は、どんな職業的な免疫性《めんえきせい》も癒《い》やすことのできないものである。そこで、家人に言いつける心配のない精神病患者を扱い馴《な》れた無礼な大声でこの情景を遮《さえぎ》った。

「さあ、奥さん。おしっこの時間よ。忘れちゃだめよ。いつまでも愚図々々してられないわよ。一度でもお洩《も》らしをしたら、恩赦は取消しよ」

——病院の十五年の毎日は、こんなことの繰り返しであった。冬の夜半など、突然はねおきた鞠子が不安そうに聴耳を立て、それから声帯の約束を破るほどの叫び声をあげて、二三日狂躁《きょうそう》状態がつづいたりする変化を除いては、単調なあけくれの間に死が滲《にじ》んで来たのであった。

冬の夜半に、鞠子がはねおきるのは厠《かわや》へゆくために廊下をとおる患者の大きな嚔《くさめ》をきくときである。嚔は彼女に夢の中で出会う怪獣のような原始的な恐怖をよびさました。それは世間並の人を怖気《おじけ》づかせるどんな物音にもまして、彼女を総毛立たせた。まちがえて自分が嚔をすることがあると、彼女は自分を罰するために口の中へ紙屑《かみくず》を押し込んだ。看護婦が来るのがもう少し遅ければ、窒息を免れなかったことであろう。

週に二三度、果物売りのおかみさんが精神病棟へあらわれた。

「エー蜜柑《みかん》はいかが、エー林檎《りんご》に干柿《ほしがき》」

おかみさんは果物籠《かご》を首から吊《つ》り、映画館の物売りのような調子で、病室のあいだのだだっぴろい冷たいリノリュームの廊下を歩いた。戦争未亡人のこの女は自分の今の身分にまだ多少の虚栄《みえ》を残して苦しんでいたが、精神病棟へ来るといつも気が軽くなると告白した。彼女を苦しめているのはつまり一種の偏見なのであるが、ここへ来ると比較を絶した偏見にとりかこまれて、そんなものは偏見のうちに入らなくなってしまうのだった。

鞠子の部屋の前をとおると、幼ならしい作り声が、いつも中からこんな風に呼びかけた。

「林檎をいただきたいわア」

はじめてのときはその声だけで、おかみさんは少女の患者だと思ったのである。

鞠子はベッドの上に坐《すわ》って果物籠をそこへ置けと黙って目で指し示した。それから彼女は鼻を近づけ、果実の爽《さわ》やかな匂《にお》いをかいだ。さらに耳を傾けた。この真赤な光沢の果実の中から快活な音楽がきこえてくるかのように。

「やっぱり買うのよした。この林檎の中には巣喰っている虫が五匹いるわよ。虫が林檎をたべている音がきこえるもの」

と鞠子は言った。

二

娘時代の鞠子は、金沢家の家風に従って「お姫様《ひいさま》」とよばれていた。こんなにお姫様らしい、こんなにおっとりしたお姫様は当時でも類がなかった。顔の造作はこまかく、そのひとつひとつに古風な形容詞があてはまり、というよりは古風の形容詞しかあてはまらなかった。すなわち柳のような眉《まゆ》、丹花の唇、黒目がちの目、富士額、等々が雛《ひな》道具一式のように揃《そろ》っていた。彼女は小さい繊巧にできた手をしていた。その手はその顔と同じように無表情で動かなかった。少くとも今日では五時間じっと坐っていろといわれて坐っていられる若い娘は一人もいまい。鞠子にはそれが苦もなく出来たのである。

何かにつけて鞠子のスローモーぶりは周囲の人たちの話題になった。運動会に出ると、いちばんあとを、前の人と数十米《メートル》も離れてゆっくりと駈《か》けるうちに、先頭が追いついて抜いて行った。しかしその悠揚せまらざる駈け方のおかげで、見物席から見ていると、まるでみんなが鞠子に追いつこうとしてあくせくしている競走のようにみえた。そこで喝采《かっさい》はいつも鞠子一人に集まった。

鞠子は気立てもやさしく、美しくもあり、人柄にも容姿にも難癖のつけようがなかったが、ただ一つ、人に言えない悪癖をもっていた。世間で「手長姫」と蔭口《かげぐち》するようになったのは、金沢家でひた隠しに隠していたこの悪癖のためである。鞠子の両親は夙《つと》に死に、兄弟もなかったので、こんな奇癖を誰につけられたものか見当がつかなかった。

鞠子の盗癖は幼時からあらわれた。別段家計が苦しいわけではないのに、友だちの消しゴムを盗んだのである。

「お授業」がおわったとき、鞠子の前の机にいる弥生子《やえこ》が探し物をはじめた。机の下をさしのぞき、何度も机の蓋《ふた》をあけた。こういう挙動は、授業がすんで何か面白い刺戟を求めている同級生たちの物見高い視線を集めるに十分である。

「どうあそばしたの？」

「何かお失《な》くしになって？」

小さい女の児《こ》たちがこういうませた口調で関心を寄せる有様は、彼女たちの二十年三十年後の下稽古《したげいこ》を今からはじめているようであった。それらの目は真剣味を帯びて、仔猫《こねこ》たちの目のように光っていた。醜聞の大好きな目つき……。子供のころから養われるこの目つき。

「何でもないのよ。消しゴムがなくなっちゃったの」

弥生子は無邪気にこう言った。それでみんなは興醒《きょうざ》めた顔つきになった。消しゴムひとつのために大さわぎをすることは沽券《こけん》にかかわるのである。

すぐうしろの席に鞠子はぽつねんと掛けていた。休憩時間にも快活に外をとびまわるではない。小説を読むではない。何か面倒な考えに耽《ふけ》るではない。それが証拠に鞠子に話しかけてみるがいい。彼女は即座にのどかな躾《しつけ》のよい返事をした。

この高貴な少女はほとんど意志表示というものをしなかった。はいかいいえをいうだけである。世間しらずをとおりこして、先生が黒板に琴の絵を描いて「これは何でございますか」ときくと「お廊下でございます」と答える始末であった。並行した絃《げん》が廊下板に見えたのである。

大体鞠子は世の中のどんな悪事とも無縁に育って来たと云《い》ってよかった。彼女の家のような大きい家には、さまざまな罪悪がひそみがちなものであるが、彼女の両親はそうではない。この相愛の鴛鴦《おしどり》は、あたかも待ち合わせたように、死の時刻さえ一週間を隔てた同じ時刻に世を去った。世間にむらがるくさぐさの不幸の噂《うわさ》をきくたびに、鞠子の母は目を潤《うるお》して、「まあ、こわいこと!」と呟《つぶや》くだけですんできたのであった。

まったく鞠子の盗癖は、隅々まで手をつくした庭のまんなかに、庭師の警戒を嘲《あざけ》るように、たった一本すくすくと伸びて来た逞《たくま》しい雑草のようなものであった。土の恩《おん》寵《ちょう》が、何かしらその雑草に過分にかかっているように思われた。

……同級生たちは鞠子の様子に反感を催おした。はじめから消しゴムなんかに執着している弥生子を問題にしていない風に見えたのである。そこで別段悪意のない推測を働らかせ、机の上に置かれている鞠子の紅《あか》いエナメル塗りの筆箱をあけた。鞠子はそれを遮るでもない。筆箱の中からは弥生子の探していた消しゴムがあらわれた。

「弥生子様って忘れん坊ね。鞠子様もだわ。さっきお貸しになったのをお忘れになったんでしょう」

「あたくし鞠子様にお貸ししたおぼえはないことよ」

「鞠子様は？」

鞠子は黙って微笑していた。こんなに無垢《むく》な微笑というものは却《かえ》って子供には似合わないものだ。彼女はお菓子をつまみあげるようにその消しゴムをつまみ上げると、手をのばして黙って弥生子の机に置いた。

「鞠子様って案外いたずらね」

鼻白んだ級友たちはこの悪戯《いたずら》の沈着ぶりに舌を巻いた。泡を喰って机の下を探している友達を前に見ながら、あんな風に落ちついていられる芸当は、誰にもできるものではない。

その事件以来、鞠子はふしぎな存在と見られるようになった。この何も知らないお姫様には、誰にもみちびかれずに、おのずから一つの暗い知識、暗い知恵がひそんで来たように思われた。というのは、お父様の外遊土産の独逸《ドイツ》製の美しいナイフを秘蔵していた級友が、それを見失ったという事件が起った。鞠子の机はそこから大分隔っている。しかし前のことがあったので、その筆箱があらためられ、平然としている鞠子の前で、筆箱からナイフがとり出された。

みんなはすっかりおどろいてしまった。鞠子は魔法使のように思われた。この事件も鞠子の微笑の前で、笑いながら終った。

しかしそれ以来、級友たちと鞠子とのあいだには子供らしい残酷な隔てができた。鞠子が手長姫とよばれるようになったのはこのころからである。いたるところで、彼女は何となく警戒するような、またその警戒を懸命に隠しているような愛想のよい視線に出会った。一生鞠子はこういう視線を免れることがなかったと云っていい。檻《おり》の中をのぞくようなこの眼差《まなざ》しが、いつかしら彼女を本当の檻の中へみちびき入れたのに相違ない。

三十年勤続のおつきの女中ひでが、手長姫の親代りだった。告げ口をしたものがあって、担任の先生が鞠子の素行上のことでお耳に入れたいことがあるからと、ひでを呼び出した。ひでは肥《ふと》っていて、いつも皺の寄っている名古屋帯は細帯のようにみえるので、それは帯というよりも、むしろ桶《おけ》のたがのようであった。事の次第をきくと、おどろきのあまり、彼女のたがは少しずりおちた。

ひでが鞠子に抱いている愛情は感傷的なものであった。召使がもつことのできる愛情の最上のものはこれである。主人の地位は狙《ねら》わぬ代りに、感情移入で主人にのりうつるのだ。そのせいか、鞠子の盗癖に、ひでは何ら道徳的な見方を須《もち》いなかった。お可哀想《かわいそう》だと一途《いちず》に思う。消しゴムやナイフを盗んですぐ見つけられるお姫様《ひいさま》が憐《あわ》れなのである。この古風な女の考えでは、責《せめ》はすべて自分にあって鞠子にはなかった。

ひでは鞠子の前へ出て、芝居がかりに短刀を自分の胸に擬した。

「よございますか。ひではお姫様のお恥を雪《そそ》ぐために自害をいたします。ひでが草葉のかげから見戍《みまも》っておりますから、二度とああいうおいたを遊ばすのではございませんよ」

ひでの目算では、鞠子が泣いて自害を止め改心を誓ってくれる筈《はず》である。しかるに鞠子は黙っていた。その潤みがちな黒い目は、じっと乳母の昂奮《こうふん》した挙動をものめずらしそうに眺めていた。それは何か首切り大奇術を見ている子供の目のようで、一方また、目前の人死をも手品ぐらいにしか思わない目であった。情が剛《こわ》いのではない。血が出てから泣いて騒いでも遅くないと心得ているそのおっとりさ加減に、ひでは簡単に負けてしまった。

「まったくお姫様相手だと独り角力《ずもう》で疲れちまうよ」とあとでひでは朋輩《ほうばい》に言った。

十六七のとき、鞠子は美しい振袖《ふりそで》を着て、ひでをお供につれて野立《のだて》のお茶の会に行った。一人の青年が友だちに「あれが手長姫だよ」と囁《ささや》くのがきこえた。鞠子は折柄花もたわわな枝の下を歩いていた。附添っていたひでが鞠子の耳に入らなかったことを祈りながらその横顔をうかがうと、やや下ぶくれの頰に細い涙の糸がつたわるのを見た。ひでもこれを見ると目を潤ませた。憤然として、

「もうまいりましょう。お姫様」

と言った。

「どこへ？」

「お邸《やしき》へでございます」

「かえりたくない」

鞠子は明治卅七年《さんじゅうしち》の建築にかかる暗いだだっぴろい大名屋敷を思いうかべた。柱は黒ずみ、広いがらんとした廊下は、戸外の光を白っぽく冷たく映していた。磨き

立てた縁側に映る空は寂しい空っぽの天空であった。誰も住まない部屋々々にまで、ひでが三日目毎《ごと》に花を活《い》けかえた。たとえば一日中日の射《さ》さない一間《ひとま》の床《とこ》に活けられた百合《ゆり》の花は、その部屋のただひとつの生物《いきもの》のようで妖《あや》しかった。『お家《うち》では何もかも動いている』と鞠子は考えた。『お湯殿の戸は何度閉めても、また一二寸自然にあいてしまう。螺鈿《らでん》をちりばめた書棚の猫足の位置は、いつのまにかすこしずれている。なぜなら足もとに、小さな青い影のように、まだ青い畳の一点が見られるからだ』

彼女の部屋の窓は中庭にむかっていた。遊びに飽きると、風がしきりに木々をざわめかせているその中庭の景色を、窓硝子《まどガラス》に顔をおしあてて鞠子は見た。四五本の棕櫚《しゅろ》がある。毛むくじゃらの棕櫚の幹は風に軽く左右に身を揺《ゆす》っている……。鞠子の我儘《わがまま》は、忽《たちま》ち万事に甘い乳母によって聴き入れられた。

二人は連れ立ってすでに閉店時刻にちかい百貨店へ行った。このお振袖の孤児は百貨店が好きだったからである。

二人連れは大そう人目を惹《ひ》いた。鞠子の御所解《ごしょどき》模様の大振袖は、お上りさんの目をうっとりさせた。何の前に立ち止って見るでもない。彼女は立ち止らずにゆるゆると歩く。

「きれいなお羽織ね」

と陳列棚の絵羽《えば》羽織を見て鞠子が言った。

「さようでございますね。ほんとうにきれい」

「きれいな小鳥ね」

「さようでございますね」

「きれいな果物ね」

「さようでございますね」

「……まあ、あの仔犬の玩具《おもちゃ》、かわゆらしい」

「かわゆらしゅうございますこと」

「いい乳母車ね」

「さようでございますね。でも、お姫様《ひいさま》のお乗りになっていらしたのはもっと立派でございました」

「おいしそうなお菓子ね」

「およしあそばせ。みっとものうございます」

鞠子はいろんなものを多少上のほうから見下げるようにした。それを手にとって見て自分のものにしたいという欲望はないらしい。物慾《ぶつよく》というものにこれほど無縁な魂はなかったろう。第一その年頃になれば何かの形でうかがわれる筈の欲望についても、鞠子は甚だ晩稲《おくて》であった。百貨店の閉まるべき時刻である。ベルがなりひびき、潮の退《ひ》くように、売場はすこしずつ閑散になる。主従は街路へ出て、タクシーをひろうためにしばらく歩いた。

ひでが袖をふりたててタクシーを呼んだ。乗り込むときの二人の悠長さに、運転手は中仕切へ腕をまわして、じりじりしながら客の顔を見戍った。鞠子は大きな包でもかかえるように交叉《こうさ》させた袖をかかえて、よろめきながらようやく乗り込んだ。車は走りだした。カーヴしたときに、ひでがふと鞠子の袖につかまった。すると手に触れたものがある。

「ちょっと御免あそばせ」

そう言ったかとおもうと、袖の中へ手をさし入れた。ひでの手はつかんだものをひろげてみせた。小さな革表紙の手帖《てちょう》と、小筥《こばこ》と、楊枝容《ようじい》れと、小さい陶器の人形とである。

「何でございます、これは」

「かわいいものばっかりでしょう」

「何でございます、これは」

ひではそう言っているうちに、体を海老《えび》のように二つに折り曲げて泣き出した。

三

手長姫の犯罪はいかにも始末がわるかった。鞠子は自分の犯行をほとんど意識していなかったからである。いわば目に見えない悪意をもった他人がいつも彼女のあとをつけていて、彼女に汚名を着せるために、小さい品物のいくつかを袖の中へ放《ほう》り込んでそしらぬ顔をしているような塩梅《あんばい》なのである。鞠子には責任がないと云ってよかった。

彼女の手は彼女の意志に無関係に動くのであった。ちらっと、舌のように。……するといつのまにかその手は罪を犯している。

こんな無邪気な汚《けが》れのない少女とこの行為との間に関係のないことは、銀行の大理石の円柱が、重役の破廉恥《はれんち》罪と関係のないようなものであった。しかしそんな考え方が世間にとおるものではない。鞠子の渾名《あだな》はだんだん汎《ひろ》まった。派手な場所へ出かけてゆくことは憚《はばか》らねばならなかった。鞠子の外出にはいつもひでが護衛につき、その一挙一動を監視していた。しじゅう袖にさわってみる。それでいて家へかえると、棒紅が二三本、事もなげに帯のあいだからころがり落ちたりしたのである。ひでさえ気づかぬものが、どうして店員に気づかれよう。

彼女の盗みはおおむね値打の小さいものに限られていた。そこが取柄といえば取柄であった。しかしある日のこと、鞠子は凶運にぶつかった。ちょうどひでは風邪を引いて三十九度の熱で寝《やす》んでいた。鞠子が一人で外出する好機である。このうるさい監視人を離れて一人で街へ出る日に鞠子はあこがれていた。本屋へさえ一人で入ったことがない彼女にとっては、一人で映画館へ入ることすらすでに冒険であった。切符を買うときは悪事をするように胸をおどらせた。女学生が一人で映画館へ入ることが半ば罪悪視されていた当時であるから、鞠子の今日の決心はよほど思い切ったものだと云ってよかった。

映画館を出ると鞠子は時計屋の飾窓の前に佇《たたず》んだ。無数の時計はめいめいの時刻をさしていた。彼女は焦慮を味わった。

『どうしてどの時計も同じ時刻をさしていないのかしら。たくさんの鏡に映るように、時計屋の中のあらゆる長針と短針がみんなおんなじ方角をさしていたらどんなにすてきでしょう』

学校の制服のセイラア服を着た彼女は、すらりとしたスカートの襞《ひだ》のゆらめきを残して、こう思う間もなく店内に入った。

「腕時計を見せて頂戴《ちょうだい》」

と彼女はさりげなく言った。しかしそれは殆《ほと》んど生れてはじめて自分一人でする買物である。

店員が腕時計の見本をもって来て並べ立てた。鞠子は丸型のごく小さな、丁度蓮《はす》の露ほどの大きさの時計をいいと思った。文字盤の意匠はモダンである。針はたまたま彼女の好きな時刻の三時をさしている。しかし繋《つな》いである革のいろが厭《いや》である。

「もっと別のいろの帯革はなくって？」

と彼女は訊いた。店員が陳列棚の下方を探っていたが、そこにはなかったとみえて、ちょっと首をかしげてから、奥へ入って行った。

鞠子は傍らの別の時計を手にとって綺《いろ》うていた。男持ちの野暮な丈夫そうな腕時計である。几帳面《きちょうめん》なアラビヤ数字の文字盤がついている。ふと彼女の手はそれを上着のポケットへ放り込んだ。次の瞬間には今の行為をすっかり忘れているようにみえた。

店員が戻って来た。彼は職業的なカンで、何かが動かされ、何かが欠けたのをすぐ直感した。低い冷たい声でまともに見据えながらこう言った。

「ね、怒りやしませんよ、お出しなさい」

このときの鞠子はいつもとちがっていた。すなおに出さないで黙っていた。

「お出しなさい」

まだ黙っている。

「お嬢さん、ためになりませんよ、お出しなさい」

彼女は猟師のいるのを嗅《か》ぎつけた鹿《しか》のようにすばやく身を転じた、店を走り出た。街路を駈け出した。

「泥棒！　泥棒！」

こういう呼称は本当は妙である。「大臣！　大臣！」とよぶときは、相手の大臣を呼ぶにすぎないだろう。しかし「泥棒！」とよぶときに、われわれは不特定多数の意見、乃至《ないし》は輿論《よろん》に呼びかけているのである。

店員はそんなに大声を出して援軍を求める必要はなかった。鞠子はすぐ捕まった。むかしの運動会の中距離競走と同様に、彼女は悠々と捕まった。町中で蹴倒《けたお》された。それでも彼女は泣くでもない。

鞠子は不起訴にはなったが、一応勾留《こうりゅう》された。ひでは病軀《びょうく》に鞭打《むちう》って、身柄を引取りに警察へ向った。

この事件は新聞にでかでかと出てしまった。金沢家の名は秘されていたが、「手長姫」という渾名をあばかれては、上流社会には忽《たちま》ちそれとわかってしまった。鞠子が卅五歳まで老嬢であったのはこのためである。

四

鞠子が卅五歳の時、養子縁組の縁談があった。相手は四十歳で再婚の人である。子はない。身分も申分なく、鞠子の縁辺の人たちは大いに推奨した。彼は金沢家に入って、金沢為保《ためやす》と云った。もとは都築《つづき》家の次男である。最初の妻は肺結核で喪《うしな》った。

為保が財産目当でやって来たぐらいのことは誰知らぬ者とてなかった。鞠子みたいな女のところへ来る入聟《いりむこ》としては天晴《あっぱ》れな心掛けである。然《しか》し彼が鞠子に一種の異常な興味を寄せていたことを知っている者はなかった。この道楽者は鞠子の盗癖に些《いささ》かエロティックな興味を抱いていた。彼女の手が意志の関係なしに動いて神技を演ずるという伝記は、好色的である。

為保は初夜の閨房《けいぼう》から、盗癖の体験を根掘り葉掘り訊《き》いた。鞠子は彼の目のなかに、彼女を永く苦しめたこの恥ずべき病気に対する男の真摯《しんし》な是認を見出《みい》だした。彼女はすべてが恕《ゆる》されたような気がした。男の欲望によって恕される以上の解放感が女にあろうか？

「それであれかい？　君が気がつかないうちに、口紅だのハンケチだの人形なんかが、自然に君のポケットだの袂《たもと》だのに入っているというのかね」

「そうなのよ。あたくしにもそこのところがよくわかりませんわ。ときどき自分の中で停電でもするような気がいたしますの。一瞬真暗なの。そのあいだにしたことは覚えがないの」

「たとえばその間に男が手を出してもわからない？」

「…………」

「え？　何も手を出したことがあるのだろうと云うんじゃないんだよ。もののたとえさ。たとえばキッスされてもわからない？」

「……いや、……そんなこと……」

三十五歳の処女は大いにはにかんだ。それは何だか、莫迦《ばか》に嵩張《かさば》って感じられる羞《しゅう》恥《ち》であった。

「そういう時の君はどんな顔をしているんだろうなあ。そういう時の君がいちばんきれいに見えるんじゃないかね。それに見惚《みと》れているあいだ、誰でも警戒を怠るんじゃないかしらね。俺にはどうもそう思えるよ」

男からまともに美しいと言われるような機会にまだぶつかったことのない鞠子は、疑り深そうな眼差《まなざし》を、薄ら明りにうかんでいる良人《おっと》の横顔のほうへ投げた。しかしこのとき鞠子はみちたりていた。

「尤《もっと》も今でも十分君は美人だよ」と空々しいやさしさを口説きの重要な要素と心得ているこの蕩児《とうじ》の新郎は言った。「君は年より十歳《とお》以上若く言ったたって結構とおるよ。清潔そのものだからな、この赤ちゃんは。……しかしその、自分でも知らずに万引をしている瞬間の君は、さぞ濃艶《のうえん》だろうなあ。一度見たいなあ」

「もうおよしになって！」

万引という言葉で再び傷つけられて、鞠子は涙を甚だしく滾《こぼ》しながら叫んだ。ふしぎなことにこの日まで鞠子はこんなに夥《おびただ》しい涙を知らなかったのである。

二人の結婚生活は外見上円満にみえた。良人はほうぼうへ妻を同伴して出かけたからである。為保の友人たちは、この蕩児の殊勝な変化におどろいた。すんでのところでかれらは財産というものが人間を道徳的にするのかと勘ちがいしたのである。

五

好色な良人は、好加減《いいかげん》な刺戟には飽きていたので、この老嬢の新妻の万引の現場を見たいという好奇心を、当分のあいだ恰好《かっこう》な刺戟に役立てた。彼は妻を連れて、山なす商品の積まれている百貨店や洋品店へ行った。

為保は鞠子の横顔をいつも冷たい観察者の眼差しで眺めていた。死んだひでの代りに良人が彼女の監視人になったのである。檻《おり》の中をのぞくように鞠子を見る世間の目の、この恰幅《かっぷく》のよい中年男が代表者になった。

為保は子爵《ししゃく》家の次男である。小肥りのした体格、福徳円満の相、こういう相は人相見の確信とはちがって、しばしば酷薄な性格の仮面になる。独逸の或《あ》る有名な殺人犯は、また有名な慈善家と同一人であることがわかって捕えられた。彼はいつもにこやかな微笑で貧民たちに慕われていた。その貧民の一人を、彼はけちな報復の動機で殺していたのである。彼は殺人と慈善とのこの二つの行為のあいだに、何らの因果をみとめていなかった。

鞠子はいつも自分の頰のあたりに良人の好色な視線を感じた。自分の美しさのためだと感じるのが、女の自然な感じ方である。しかしこのおっとりしたお姫様《ひいさま》にも、直感はそれ以上のことを教えた。まさかに初夜のつまらない放言にすべてがひそんでいたとは思えないが、彼女は良人が自分を物質を見るように見るのを感じた。

為保は妻を均一品の堆《うずたか》い山の前に導いた。シャツがある。靴下がある。シュミーズがある。パンツがある。安ネクタイがある。見栄坊《みえぼう》な彼は、こんな安物市の前で愚図々する習慣をもたなかったが、どれもこれも野暮くさいネクタイをひっぱり出しては、その売場を動かなかった。女たちは血眼でこの滞貨をひっくりかえしていた。どれもこれも残酷な目つきをしているのは、買物をしているときの女の常である。彼女たちはとがった手つきで幼児用のシャツをつまみあげたり、下のほうからメリヤスの股引《ももひき》を引きずりだしたりしていた。まるで解剖に従事しているときの医師のような、あさましい科学的探究心だわいと為保は思った。

しかし鞠子一人は他から抜きん出て気高くみえた。レジスターの響きや、甲高い呼び声のあいだに立って、あちらへもまれこちらへもまれしながら、金沢夫人は水にうかんでいる水鳥のような静かな擾《かきみだ》されない目つきをしていた。その目は何もねがっていない。その目は澄んで何の欲望も垣間見《かいまみ》せない。
為保は快い緊張を感じた。正直に妻を美しいと思った。しかし鞠子はやがて恐怖にめざめたようにその場を離れると、この地階から一階へ通ずる雑沓《ざっとう》した階段のほうへ歩き出した。あわてて追いついた良人がこう訊いた。

「どこへ行くの？　急に、変だね」

「あら、まだここにいらしたの。どこへいらしたのかと思って探しに行くところだったの」

「もう出ようか」

「ええ、お買物はおすみになって？」

「すんだ」

為保は半分憑《つ》きものの落ちかかったような、眠たそうな不満げな口調で言った。

しかしその晩、着物をきかえる時に妻の袂《たもと》からおちた子供用の靴下は為保を狂喜させた。

「うへえ！　こいつはすばらしいや。負けたよ、負けたよ」

彼は靴下を宙に放《ほう》りあげて、少年のように快活に叫んだ。

「どうなすったの？」

「この靴下さ。今君の袂から落ちたんだ」

「え？」

鞠子の顔色はこのとき一変した。

「さっきあれほど俺が見ていたのに、とうとう見破れなかったよ。すごい腕だなあ。この戦利品は神棚に上げてもいいくらいだ」

ひでが泣いた時に、良人は狂喜したのである。この退屈している気の毒な男は、この瞬間、何かが救われたような感じがした。その夜の愛撫《あいぶ》に彼は実意をこめた。鞠子の道徳観念は狂わざるをえない。

深夜に嫣然《えんぜん》として妻がこう独り言した。

「そんなにおよろこびになるなら、もう一度やってみようかしら」

六

金沢夫妻は児《こ》を挙げ得なかった。医師が鞠子の生理的未発達を理由にあげた。為保には都合のよい名目である。彼は古風な親戚《しんせき》一同の同意を得て、妾《めかけ》を一人家に入れた。

金沢家のもともとの召使は、死んだひでは別として、すでに新しい当主によって更《こう》迭《てつ》されていた。新入りの召使たちはいわば無頼漢のよりあつまりであった。コックの如《ごと》きは為保が自分のあやしげな食道楽の舌にたよって名も知れないレストランから引張って来たのである。コックは家蔵の洋酒を勝手に商売仲間に売り渡して、郷里の銀行にちょっとした貯金を拵《こしら》えた。

鞠子は一人ぼっちだった。前のように万引をさせられに百貨店へつれて行かれることもなくなった。しかし良人《おっと》の奇妙な訓練のおかげで彼女の盗癖は、詩のような無意識の作業から、一種の技術にまで進化していたのである。為保は、動物に芸を仕込むのに餌《えさ》をおあずけにするあの流儀で、恥ずべき報償を餌に妻を訓練した。つまり「あれを見事に盗んで来れば、一回寝てやる」と約束したのである。

妾の政子を家に入れて以来、鞠子はともすると空閨をかこつようになった。彼女は誰にも訴えることができずに泣いた。泣きの涙で痩《や》せそうなものを、却《かえ》ってぶくぶくとみっともなく肥って来た。彼女が良人を見上げる目には、次第に縁の下から主人を見上げる犬の目が憑《つ》いて来ていた。あの気高いおっとりした何も見ず何もねがわない眼差《まなざ》しはすでになかった。為保はそれを醜いと思った。大ていわれわれが醜いと考えるものは、われわれ自身がそれを醜いと考えたい必要から生れたものである。

政子はもとダンサーである。小手先細工の達者な為保は、貧しい公家《くげ》華族の友人を籠絡《ろうらく》して、その分家の養女に入籍させた。その上で家に入れたのである。政子とお公家さんの取合せほどしっくりしたものはこの世になかったろう。彼女はものすごく意地悪で、しかも感情を決して面にあらわさなかった。ダンサー時代まっすぐに彼女のところへ来る客は少なかったが、人のお客をとることにかけては辣腕《らつわん》を振った。彼女はおずおずと踊り、客のお目あてのダンサーを口をきわめて褒めた。そうしておいて、お目あての女のことをむやみとききたがる客をいつまでも引止めて踊った。さて当の女と踊る段取になると、女は、何があんなに話が弾んだの？　ときく。あんたのことをほめておったよ、と客が言う。脛《すね》に傷もつ女はほめられたとは夢さら思わないで、あいつはあばずれだからお気をつけになったらいいわ、という。そういうことが重なると客はつい二人の人柄を比べるようになった。政子は決してやきもちをやくふりを見せないで、客を自分のほうに誘導した。

このでんで、はじめ政子と鞠子は気味がわるいほどうまく行った。政子は十も年上の鞠子のことをお姉さまと呼んだのである。鞠子は苦もなく政子に丸められて、彼女の命に諾々たるものがあった。

或る日のことである。為保が狩猟と称して二日つづけて外泊したことがあったので、二人の女の利害はたまたま合致した。

「お姉さま、あたしのスパイになって頂戴な」

と政子が言った。

「スパイって？　あたくしにできることなら」

「為保様がおかえりになったら証拠物件をとって来て頂戴な」

政子はそのお礼にはできるだけのことをすると約束した。というのは、為保をしてたまには鞠子の寝室を訪《おとな》わせることを約したのである。

為保がかえった。鞠子は彼の洋服の手入れを進んで引受けた。狩猟服のポケットの裏をはたいた。小石まじりの砂が少々出て来たきりである。鞠子は彼の留守中に、書斎の本棚をしらべ抽斗《ひきだし》を点検した。人のいない書斎の静かな午後には、絨毯《じゅうたん》の上に落ちた日だまりが埃《ほこり》の匂いを放っていた。梅雨前の強烈な夏らしい日の照りつづけた一日である。鞠子は背をかがめ、ついには絨毯の上にひざまずいて抽斗をすみずみまでしらべて歩いた。彼女は自分の卑屈さに慰藉《いしゃ》を感じた。これだけのへりくだり、これだけの卑屈さが、妙なことだが、たとえ為保に知られても彼の心を動かさない筈はないと考えたのである。

一つの抽斗には鍵がかかっていた。彼女は新婚当時無雑作に良人が鞠子に与えた合鍵の束を思い出した。その一つがたまたま合った。すると中から、或る実業家の夫人の艶書《えんしょ》のかずかずが現われた。最近の日附の一枚には、季節外れの彼女の逗子《ずし》の別荘でのあいびきの誘いが書かれていた。

鞠子は一心にそれを読んだ。小学生が本をよむように声を出してよみたいほど、心たのしく読んだ。この戦いを知らない女は、容易にその手紙の甘さに浸ることができたのである。艶書はかなり叙事風な綿密なものだった。夫人は為保の円満な顔立ちのなかで、ただひとつ悪魔を思わせる氷のような唇を愛すると書いていた。鞠子は久しく為保の唇にふれたことがない。しかし他の愛する女にも、あの唇が冷たく感じられたことを知ると、彼女は安堵《あんど》した。

政子はこれを手渡すときの鞠子の表情に少しも屈託がないのにおどろいた。

その晩、為保と政子は醜く言い争った。あげくのはてに為保があやまった。しかし鞠子の行為を政子からきいた為保は妻を許さなかった。彼はほとんど鞠子と口もきかなくなった。

そうして梅雨がすぎた。

為保はどういう魂胆か、軽井沢の別荘に鞠子をも同伴した。ある夕刻、為保が鞠子を散歩に誘った。そういうことはたえてないことである。たまたまその日、政子が長野の伯母のところへゆくと行って(ママ)外泊したのである。

傍目《はため》には気品のある中年の夫妻とみえる為保と鞠子は、ゴルフ場のほうへゆっくりと歩いた。為保は白麻の背広にステッキを携えていた。鞠子は縮緬《ちりめん》の着物を着ていた。

ここ一ト月ほどろくすっぽ口をきかないので、夫妻は今さら話の継穂がない。

やがて為保が事務的な命令口調で言った。

「あなた、すみませんが、政子の素行をしらべていただきたい」

「はい」

「何かこれという証拠をとっていただきたい。あなたはそういうことが巧《うま》いから」

「はい」

「証拠がとれたら、われわれは仲直りをしてもいい」

「はい」

鞠子は歓《よろこ》びと羞恥のために耳まで赤くなった。

どうして盗んだのか、かえってきた政子の紙入れの中から、若い男の写真を鞠子がもって来て為保に手渡した。為保はじっとこれを点検した。妻の顔を見た。妻は哀訴の目をあげた。彼は名状しがたい怒りにかられて妻の頬を打った。

この小事件は、一旦《いったん》政子が家を出るところまで行きそうになった。しかしどうしたわけか事情が逆転した。為保は政子に対して一そう弱くなり、鞠子は一つ屋根の下にいながら良人に口をきかれなかった。

たまたま良人のところへ東京の実家から電報が来た。彼の兄が死んだので、財産整理が紛糾している。その急場を救いにゆくにはいかにも為保ではたよりがないが、他に適当な人を得ないのである。彼は兄が妻に隠して幾何《いくばく》の株券をもっていたことをかぎつけたので、欲に引かれて数日帰京した。鞠子には生得自由意志というものがないのであった。後を追うことを良人に禁ぜられると、甘んじて政子と軽井沢に止《とど》まった。

政子の敵意が爆発した。

鞠子は食事を供されなかった。親戚知友は手長姫を食事に招かない。彼女は食を求めて厨《くりや》へ行った。婢《はしため》は政子に買収され、食物戸棚には鍵がかかっていた。

「お腹《なか》がすいたわ。どうしましょう」——鞠子は政子の顔いろをうかがいながらこう言った。

「どっかへ行って盗んでいらっしゃいよ」

と政子が言った。鞠子は水を呑《の》んで飢えをしのいだ。

とうとう耐えきれなくなってこう言った。

「ねえ、お腹が空《す》いた。どんなものでもいいから、少しでもたべさせて」

「そうね」——政子は目も動かさずに提案した。

「お握りぐらいお作りになったらいいでしょう」

「いいえね、今晩お櫃《ひつ》をあたしの蚊帳《かや》に入れて寝ますからね。あたしに気がつかないようにうまく盗んだら、喰べ放題だわ」

「そう、どうもありがとう」

その晩、為保のいないダブルベッドの上に、政子は自分の傍らに飯櫃を置いて寝《やす》んだ。ベッドには紗《しゃ》の蚊帳が懸っている。

政子は蚊帳をとおして闇《やみ》の中をうかがった。今にも飢えた目が蚊帳にうかがい寄り、その裾《すそ》をそっと引上げそうに思われる。微風が窓枠を軽くうごかす毎に、彼女は目をさました。うつらうつらしたのはほんの数時間である。朝起きると蚊帳の中にすでに飯櫃はなかった。政子は歯がみをして口惜《くや》しがった。

あくる日の晩こそ、その場で飯櫃をうばいかえす喜びを味わいたさに、彼女はもう一度同じ試験を鞠子に課した。鞠子は又しても成功し、政子は睡眠不足に陥った。

その後一日彼女は鞠子と口をきかずにいた。食事は勿論《もちろん》供さない。政子は次の秘策を練っていたのである。

為保があくる日の朝東京から帰って来た。彼は鞠子の狂おしい目つきにおどろいた。政子がこう言った。

「御飯を下さるの」

「胃をこわしたのよ。絶食なさるのがいちばんいいのに、喰いしん棒で仕様がないの。本当にお姉さまの看病には骨が折れたわ」

鞠子は立上ってよろよろと椅子《いす》にかけた。鞠子は粉っぽい肌をしていた。三人は庭の芝生の椅子で黙って坐った。女中が牛乳のコップを二つもって庭へ来た。政子が親切そうにこう言った。

「お姉さま、牛乳は胃にいけないわ。食事は今晩あたりからなさったらいいわ。ねえ、為保さん、お姉さまがとてもひもじがっていらっしゃるのがいい機会だと思うの。今晩、あたしたちのベッドにお櫃を入れて寝ようじゃないの。そうしてもしわからずにお櫃を盗めたら、御飯どころか旦那《だんな》様もお姉さまにお返しするわ」

「ふうん、ずいぶん気前がいいんだね」

「わからずに盗めたらよ」

これをきくと鞠子はかすかな微笑をうかべた。この技術には自信があったのである。

その晩為保と政子はいつものとおりダブルベッドの蚊帳の中に入った。むしあつい夜である。飯櫃は二人の邪魔になった。そこでナイトテーブルの上に置いて、抱き合って寝んだ。

「おい、本当に大丈夫かい」

眠りぎわに為保がそう言った。

「大丈夫よ、見ていらっしゃい」

片目を瞑《つぶ》って政子が自信ありげに言った。

——深夜、二人は大きな嚔《くさめ》の音で目をさました。嚔は立てつづけに起って、為保をとびおきさせた。政子は半ば眠りながらこう言った。

「じっとしていらっしゃい、泥棒の嚔よ」

為保は寝床のそばにひざまずいて、泣きじゃくりながら嚔をこらえている白い寝間着姿の鞠子を見た。

櫃が傍らにあって飯粒がこぼれていた。首をつっこんであらため見た為保も嚔に襲われた。飯の上にいちめんに胡椒《こしょう》が撒《ま》いてあったのである。

政子一人は嚔一つしないで、また眠ろうとして寝返りを打った。

たてつづけに嚔に襲われながら、為保は泣いている妻の体を抱いた。妻はしかしおそろしい力で彼をはねのけた。薄闇のなかで、やや隔たったところから鞠子の目が光って彼を睨《にら》んでいた。その小さな雛《ひな》のような口がこう言った。

「捕縛して下さい。あたくしが犯人です」

一九五一、四、五

携帯用

昭和26（1951）年1月、ラジオで第一回紅白歌合戦が放送され、5月にはラジオ体操が復活した。9月、民間放送が開始された。同月、黒澤明監督の『羅生門』がヴェネツィア国際映画祭で、邦画初の金獅子《きんじし》賞を受賞。本作は「新潮」10月号に発表。

福永尚雄《ひさお》は廿七《にじゅうなな》歳である。二年前に大学を卒業して、東洋化学工業株式会社の総務課に勤めている。実直な退職官吏の息子で、母はすでに歿《な》い。人好きのする素直な性格を買われて、いわゆる宴会掛を兼ねさせられている。この掛は社員の羨望《せんぼう》するところである。近時、予算の費目にある機密費の額の数倍が、同じ目的に流用されているのは、累進《るいしん》課税の税率を下げるために収益を調節し、あわせて取引先の接待を頻繁にして取引を円滑ならしめるためである。入社してはじめて尚雄は、一流の酒場に出入りするようになった。店という店が尚雄を身分不相応に扱うのは、宴会の二次会に使われる酒場の選択が彼に委《ゆだ》ねられているからである。酒場某《なにがし》で、尚雄は朝子《ともこ》を知った。相見て以来、すでに半歳《はんとし》である。

朝子の年齢は分明《ぶんみょう》でない。卅歳だという人があるが、この説は彼女を誣《し》うるものである。廿歳だという人があるが、この説は彼女に阿《おも》ねるものである。便宜上、間《あいだ》をとって、廿五歳見当と考えるのが妥当である。二年前に結婚して一年後に別れ、再び元の古巣に戻った。年上の女がほかにもいるが、この店では最古参である。

朝子はよく動く目と、人をからかうような唇の微妙な動きに特色がある。髪は流行のアップに結い上げている。体はほっそりと見えるが、いわゆる着瘦《きや》せの、得な性分である。胸筋は鳥のようによく発達し、二つの乳房がお互いに心もち顔をそむけている。胴はなだらかに引締り、肌の色が細濁《ささにご》りの流れの底に砂金を沈めたような燻《くす》んだ耀《かがや》きをもっている。体の各部分の釣合が日本人離れをしているのである。

就中《なかんずく》人目を惹《ひ》くのはその顔である。とりたてて別嬪《べっぴん》だというわけではない。知的な味わいというものも全く持たない。その丸顔に似合わない髪型や、小体《こてい》な鼻を央《なか》にした大きすぎる目と口や、まことに美しい歯並びや、こういう要素が、互いにてんでんばらばらで不調和なのである。その代りに、その要素の一つがいきいきと活動するときは、ほかの要素の隠れた緊密な協力のあることが、はっきりとわかる。たとえば、笑うときにはその口の美しさだけしか見えない。目くばせをするときにはその瞳《ひとみ》の美しさだけしか見えない。それでいて各々《おのおの》の瞬間が、朝子を別嬪だと思わせるに十分なのである。

朝子が女らしい衒《てら》い気《げ》をみじんももたず、自分の無智《むち》をいつも露骨にみとめているのは、その美点の一つに数えていい。話術は巧みとはいえない。むしろ訥弁《とつべん》のほうである。音楽を解せず、美術を解せず、文学を解さない。話柄《わへい》の比較的高級なものは、映画と流行に関するものである。それ以外は、卑猥《ひわい》な話題を事もなげに食卓に載せ、第三者との惚気話《のろけばなし》を房中で縷述《るじゅつ》して憚《はばか》らない。

相見てより二ヶ月で、尚雄は出費に困《くるし》んだ。会社の交際費の細目は、社長個人のものと、重役名義のものと、社員ならびに組合名義のものと、名目上は三分されている。この各項の流用は可成《かなり》自由である。酒場某に顔が売れるにしたがい、尚雄とマダムの間の利害関係は接近し、朝子と会うために尚雄が一人で来て使う金は、マダムの宰領で、会社へ請求されてもおかしくない仕組になっている。しかし実直な尚雄にはこれが心苦しい。朝子との交際が、店へ落す金だけですむわけでもない。彼は人にたのんで、繊維株を多少買い入れた。幸いにこの花形株は尚雄の懐《ふとこ》ろを潤《うる》おした。

朝子は男をじらすのが巧みである。その愛情の表現は、ついぞ真当な論理を辿《たど》ったことがない。たとえば或《あ》る朝、朝子はこう言った。

「惚《ほ》れた人には、へんな寝顔を見られたくないから苦労するわ。あたし口をあいて寝るくせがあるでしょう。あれをあなたに見られたくないばっかりに、さきに起きて、顔を洗って、お化粧して、また口をつぐんで寝てなきゃならない。尤も誰と寝てもそうだけどね」

尚雄と会っても、ついぞ朝子は喜色を顕《あら》わさない。彼がそのために不機嫌になると、その日は仏頂面《ぶっちょうづら》をしたまま別れて、あくる日桁外《けたはず》れに上機嫌な電話を、会社の尚雄の卓上へ掛けてよこした。

朝子は何度か気まぐれに尚雄を拒んだ。この拒否には何の理由もない。ただ眠いからというのがその大方の理由である。

彼らのあいびきの会話には、甘さというものがみじんもなかった。二人きりで会うのが一週間目とすると、この一週間に起った出来事を細大洩《も》らさず朝子が報告する。尚雄のほうには、退屈な勤めと面倒な接待のほかに報告の材料と謂《い》っても云《い》うべきものがない。朝子の一週間は、これと引き比べて無尽蔵である。毎晩各種各様の新手の男が、朝子を口説かぬ日はないのである。某がこうした、某がこう言った、某がこう約束した。それを朝子が身振手振で報告する。尚雄は非常な我慢をして、これを傾聴する。その我慢の百分の一も朝子に通じている気配はない。

朝子は好んで贈物をしりぞけた話をする。この種の話は、ことに尚雄の稚《おさ》ない自尊心を狂奔させる。彼はそのたびに、無理算段をして贈物を誂《あつら》えた。それには朝子を店から退《ひ》かせて囲うだけの資力がないという無念のあらわれが歴然としている。

今日こそ別れ話を持ち出そうと決心して朝子に会う日がある。会う前に早くも心弱りがして、この前のようなひどい応対を重ねて蒙《こうむ》ったら、という条件を自《みずか》らつけてしまう。会うと女は、こういう決心をして会う日に限って、人の変ったように情愛が濃《こま》やかである。おそらく動物的な直感が、いつも女に先手を打たせるのである。

すでに半歳、尚雄はどこにいても静心《しずごころ》ない。昼間は昼間で不安である。いきおい執務は等閑《なおざり》になる。その目に余る放心は、同僚の口の端《は》に上るまでになった。

素人《しろうと》の株の買い口は、扇形をえがく傾向があるといわれている。まずおそるおそる百株買う。すこし値が上ると、二十株をこれに加える。こうしてぎりぎりの値上りまで買い足してゆく結果、暴落が来た場合は取返しがつかない。

この二月に尚雄はまず自分の貯金で帝人株を少々買った。小遣ほどのものが半月で出る。朝子に帽子の贈物をする。さらに買い足して、貯金を悉《ことごと》くこれに充《あ》てる。前の三倍の小遣が出る。こうなると、そこで止るということはできない。彼は危険を冒して繊維株ばかりを買い漁《あさ》った。当時変動の激しい花形株は他に見当らなかったからである。

五月上旬に、尚雄は病臥《びょうが》中の退職官吏の父の十数万の銀行預金を、父の実印をひそかに持ち出して引出すと、自分の数万を加えてのこらず東洋レーヨン株に投資した。

五月中旬、東洋レーヨン株は、戦後最高の二百六十円に跳ね上った。尚雄は狂喜した。一週間後、五月二十日に、東洋レーヨン株は六十円暴落して、二百円になった。尚雄は無一文になった。この株の証拠金は六十円である。即《すなわ》ち尚雄は一株当り六十円投資したのが、六十円の暴落によって、一銭を剰《あま》さなくなったわけである。追証《おいしょう》を入れるべき資金がないので、株はたちまち彼の所有を離れた。

尚雄は酒場某の支払を二ヶ月延ばしてくれるようにマダムと話をつけ、新橋の待合某での十人招待の宴会費を会社から前払いで貰《もら》いうけ、これでひとまず病父の銀行預金を補塡《ほてん》した。さらに酒場某の二ヶ月分の勘定を二倍に書き替え、その半分を月末の先附小切手で貰って、これを倖《さいわ》い六月五日に延期された新橋での宴会の費用に充てた。もともと酒場の勘定なぞは会社の信用に関係しないが、一流花柳界の勘定は会社の信用に直接の影響を及ぼすので、現金支払が望ましかったからである。

福永尚雄は、十数万の公金を拐帯《かいたい》したわけである。小額であるし、露見の惧《おそ》れは殆《ほとん》ど皆無と謂っていい。足が宙を辷《すべ》るように大胆になって、社費で公然と酒場某に入りびたった。そうかと思うと、非常な憂鬱《ゆううつ》に襲われて、一週間の余も、会社が退《ひ》けるとまっすぐ帰宅して自室にとじこもる生活がつづいた。六月二十二日は貞明皇后の御大葬の日である。酒場某は一向謹慎の意も表さずに開店している。七日ぶりに尚雄はここへ行って、明日から出張で四五日帰らないと朝子に告げた。その晩は泊ろうとも云わずにひとりで帰った。出張を機に心機一転して朝子と別れようと思い立ったので、その晩泊っては未練の出ることを惧れたのである。四五日帰らないと言ったのも、自分をだますための嘘《うそ》である。二十三日は、午後七時廿一分の湘南《しょうなん》電車で発《た》って、熱海で麻雀《マージャン》会を催おして、一泊して帰京の予定である。一行は会社側が総務課長と尚雄、客は取引銀行の貸付係長とその係員五人である。

六月二十三日の土曜日は、曇りがちで、やや蒸暑い。三階東むきの窓際《まどぎわ》に机を並べている総務課は、これからの暑熱を凌《しの》ぐのが容易でない。何故《なぜ》かというと、風のとおる南むきが、社長室と重役室の壁でもって遮断されているからである。

昼休みがすんで社員が机に戻って来るころ、重役室に来客が二人あった。卅分ほど話して出て来ると、監査役の某氏が送りに出て、階下の入口まで見送った模様である。

来客は二人とも仕立の香しくない背広を着ている。帰りがけにあたりを見廻して行った態度が、どことなしに横柄《おうへい》で、会社員のようではない。上役らしい方は開襟《かいきん》シャツの襟を上着の襟の上にひろげている。抱えている折鞄《おりかばん》をふだんよほど乱暴に扱うとみえ、縁《ふち》がすり切れてボール紙の芯《しん》が露《あら》われている。

来客の噂《うわさ》は、一時間ほどして尚雄の耳に入った。重役室附の女の子の口から洩れたのである。客は私服の刑事である。用件は会社側の依頼によって経理の不正を糺《ただ》そうというのである。

東洋化学工業株式会社は、経営者側と組合側がしっくり行っていない。組合側は必ずしも左翼ではない。組合としては穏健な部類に属する。たださまざまの原因から、ややもすれば経営者側の感情的に疎《そ》隔《かく》を来《きた》しているのである。尚雄は仕事の性質上、やや経営者側の走狗《そうく》と見られる傾きがある。刑事の来訪は、彼を気の毒な立場に置いた。同僚たちは、社内で問題を解決せずにいきなり外部の力に愬《うった》える卑劣な遣口《やりくち》を批議しながら、尚雄の意見をもとめようとするではなく、却《かえ》ってきこえよがしに、不正は経営者側にあるものを、組合側に転嫁《てんか》しようとしているんだなぞと言った。

尚雄は自分を孤独だと感じ、またひとかたならぬ不安や恐怖の胸さわぎを感じた。旅へ出るまで聞くまいと思った朝子の声を聞きたくなった。祐天寺《ゆうてんじ》の女の下宿へ電話をかけた。

朝子の声は常のように朗らかではない。ときどき絶句をする。言葉の出て来様がぎこちないので、その隙間《すきま》を埋めるために、妙な間投詞を使う。何かあったのか、と尚雄がきいた。そう言われると、朝子は一寸《ちょっと》黙った。それから、もし尚雄の電話がなければ、知らぬ顔でとおすつもりであったのだが、実は今夜は面倒な附合がある、しかしその事柄はここでは言われない、発つまえに銀座へ寄ってくれる心算《つもり》はないか、と言った。

聴く者の心を惑乱させるこうした思わせぶりは、いわば朝子の常套《じょうとう》手段である。珍らしいことではないのに、尚雄は又かと思っても心を擾《かきみだ》される。迷信的な気持になっていて、吉《い》いことか凶《わる》いことかとまず訊《き》かずにいられない。朝子はそのどちらでもないと答えて笑った。

尚雄は口実を設けて、早目に退社をした。総務課長とは七時に東京駅乗車口で待合せる約束をした。本来課長と同行するのが本当である。しかし朝子の電話をきいては、そうしてはいられない。

尚雄は地下鉄に乗って銀座で降りた。手には小型の旅行鞄と携帯用ラヂオを携えている。真珠色の塗料を塗った瀟洒《しょうしゃ》な携帯用ラヂオは、米国エマースン会社の製品である。朝子と熱海へ小旅行をした際に、宿の一室で余人をまじえずに踊るたのしみのために、無理算段をして買い求めたものである。しかしその晩、朝子は理由もなしに踊るのをいやがった上、十一時すぎの甘い音楽は、尚雄が見たこともない男たちとの朝子の情事のたのしげな独白の伴奏を専《もっぱ》らつとめた。

待合せた西銀座の喫茶店で、朝子の白状した事柄はこうである。

勤めている酒場へ外人が遊びに来る。その外人は貿易商で、酒場のマダムとはすでに関係があり、店でも一二を争う良《い》い客である。マダムを通じて、再三朝子に気持を伝えて来た。マダムはこういう問題には余計な感情を動かさない。店のためになることなら、外人の気持が自分から朝子へ移ってゆくことも、朝子に尚雄という人のあることも、意に介さない。朝子はたびたびの申出をはねつけて来たし、贈物一つうけとっているわけではない。しかし、住所を知らせもしないのに、彼女の下宿先へ高級車で迎えに来る。断って帰すことは造作もないが、路地の入口に高級車が横附けになるだけで、口うるさい近所合壁《がっぺき》の視聴を聳《そび》やかすに十分である。かてて加えて、マダムは朝子を義理しらずのように云う。尚雄が来ないと決っている今日、朝子が外人とはじめて二人きりで店で会う約束をしたのには、こういう退引《のっぴき》ならない事情があるのである。

ところで朝子が明言するには、彼女はこの外人をはっきり嫌いである。大体彼女が「きらい」という語調には一種の特色があって、この語調は信ずるに足るものである。朝子は尚雄から電話がかかったときに、一策を案じた。酒場某で外人と待合わす時間のすこし前に、尚雄が偶然を装《よそお》って店へ来てくれるようにと頼んだのである。

この申出に計算が含まれていることを、尚雄は直ちにさとった。第一に朝子はその外人をきらいである。これは疑う余地がない。そこで尚雄が出て来れば、外人を諦《あき》めさせるに好都合である。第二に朝子は、尚雄と半ば公然たる関係にある。そこでこうした役割は、尚雄の自尊心を満足させるであろう。第三にその邪魔者が尚雄であることは、マダムの文句を封ずるのに好都合であり、たとい偶然のからくりが見破られても、朝子がとぼけとおせば、マダムはそれ以上追究できない立場にある。種々な点から見て、今夜朝子がめずらしく彼を必要としていることは明白である。最近朝子の前で、自分を必要な人間と感じる機会がそうたんとない尚雄は、この事務的な申出を承引した。開店の時刻は七時である。約束の時刻は六時である。この時刻なら尚雄は東京駅の待合せの時間に間に合うからである。

六時にはまだ一時間ちかく間《あいだ》がある。彼らは中華料理店で食事をし、朝子はよく気がついて、男のコップが空になろうとすると麦酒《ビール》を注いだ。食事がおわる。揃《そろ》って店を出る。戸外は週末の人出で雑沓《ざっとう》している。尚雄が両手に荷物を持って難渋しているのを見て、珍らしくも、こう言った。

「重そうね。どっちか持ってあげましょうか」

尚雄はこのやさしさを意外にも思い、嬉《うれ》しくも感じた。携帯用ラヂオを女に渡した。このほうがいくらかでも軽いと思ったからである。

「電池が相当重いわね」

女がそう言った。二人は酒場某のある通りの街角へむかって歩いた。又、女がこう言った。

「ねえ、いつかこのラヂオ貸してくれる」

何の気なしに、尚雄は、うん、と答えた。酒場某の二三軒手前で二人は一旦《いったん》別れた。朝子はラヂオを男の手に返すと、六時すこしすぎまでそこらで時間をつぶしてから店へ出ると約束した。

酒場某は昼日中でも洞窟《どうくつ》のように暗い。それでもカーテンを絞っているので、一条の白々しい光線が埃《ほこり》っぽい一隅を明らさまに照らしている。客がまだ一人もいないのは無論である。店の女が黙って客席に対坐《たいざ》して、それぞれ熱心に懐中鏡をのぞき込んでいる。顔を斜めにして、甚だしい横目づかいで、鏡を睨《にら》んだりなぞしている。

尚雄が入ってゆくと、一人がマダムを呼びに行った。マダムが出て来る。発つ前に一寸寄りたくなったから来た、と尚雄は簡単な弁疏《いいわけ》をする。そこへ外人が入って来る。四十恰好《かっこう》の肥満した滑稽《こっけい》な風采《ふうさい》の男である。マダムが一隅の卓へみちびいて、ひそひそ話をする。外人はしきりに指を鳴らす。毛の生えた指を、マダムの胸のあたりへ脅かすように突き出すのが、長椅子《ながいす》の背越しに見える。怒っているのだな、と尚雄は思った。

朝子が入って来て、尚雄を見て、平気な顔をしてこう言った。

「まあ、あなた来ていたの」

下手に愕《おどろ》くような芝居をしない。平気を装うことが、二重の芝居なのである。その落着いた挙措に尚雄は怖《おそ》ろしくなった。朝子はそのまま椅子のあいだをとおりぬけて、奥の外人にちょっと会釈《えしゃく》をして、化粧室へ入った。マダムが立って、朝子のあとから化粧室へゆく。同じ鏡をのぞくふりをしながら、何か言い争っている様子である。

尚雄は朝子が外人を早急に体《てい》よく帰してくれるものと思っている。そうしたら、七時に間に合うように尚雄も席を立てばよいのである。まさかに外人を一時帰しておいて、尚雄が出たあとで、又ここへ呼び戻すような真似《まね》はすまい。この点で朝子を信じてよいというのは、何よりもまず、朝子はあの外人をきらいだからである。

外人はいっかな帰らない。朝子は外人の席に侍《はべ》りつづけている。時たま尚雄のところへ戻って来て、耳もとで、もうすぐ帰してしまうから待っていて、と言う。とこうするうちに七時迄《まで》あますところ十五分である。

尚雄は何度か席を立とうとして腕時計を見たが、今店を出てゆくことがどうしても出来ない。七時の約束を違《たが》えれば、たださえ傾きがちな信用の失墜は必至である。もし七時廿一分の発車にも間に合わなければ、月曜に会社へ顔を出すことは難しい。それにもかかわらず、外人が帰る前に、朝子と外人を残して店を出ることは到底できない。

マダムは故意に尚雄の傍らへやって来ない。支払延期の相談をもちかけてから、軽んじられだしたのが尚雄にはわかる。すでに七時である。尚雄の心は自暴自棄になった。

きのう別れようと決心した女を、好いてもいない客と一緒に残しておくことが、これほど困難なのはどういう理由によるのか。昼休みの私服刑事の来訪を思い出して、尚雄は何もかもおしまいだという気持になった。口やかましい病父は、息子の不正を知ったら到底恕《ゆる》すまい。会社へも帰れない。我家へもかえれない。すでに七時廿一分である。彼の運命は決ったのである。

男のこうした窮境をよそに、むこうの席で朝子は声高に笑った。仰向いて高笑いをしているその白い咽喉《のど》が見える。

数人の馴染《なじみ》の客が扉を排して談笑しながら入って来る。曇り日のために、戸外はすでに夜である。尚雄は手をのばして携帯用ラヂオのダイヤルをまわした。けたたましい雑音が入る。マダムが険のある目でこちらを振向いた。

外人が帰ったのは八時半である。尚雄は朝子のほうを見ない。朝子も尚雄の傍らへ来ない。九時になった。尚雄は立って、ほかの客の席にいる朝子の肩を軽く叩《たた》いた。こう言った。

「帰るよ」

「そう、帰るの？」

それきりで黙って、今いた席の賑《にぎ》わいに気をとられているふりをしている。出来るだけ穏やかに男が言った。

「一緒に今帰らないか」

「だって今、お店があるもの」

男が同じことをもう一度言った。

「一緒に今帰ろう」

尚雄がこういう我儘《わがまま》をこの店で言ったのはこれが最初である。女は語気を察して、こう言った。

「待ってね、きいてくるから」

朝子とマダムは可成《かなり》長いあいだ立話をした。話しながらマダムは尚雄のほうをちらちらと見る。話がすんだ。男の前に立戻った女の表情は曇っている。

店を出て歩き出すと、尚雄は今しがた自分の払った犠牲も忘れて、わるかったね、と女に言った。女は不敵な笑いを目に宿して、何の関わりもないことを突然言う。あの外人がダイヤの指環《ゆびわ》を買ってくれる約束をしたというのである。

尚雄の自尊心は台無しにされてしまった。歩きながら所持金を暗算した。そのときはじめて、今夜の一行の熱海行の費用を預っていたことを思い出した。宿は会社の行きつけである。その費用を除いて、往復の運賃と予備の金とで三万円を預っていたのである。課長の懐ろにせめて一行の往復の運賃だけでもあればよい。なければ恥は課長個人の恥では済まない。尚雄は己れの信用を失墜するのみか、会社の看板に泥を塗ったと云われても、弁解の余地がない。

彼はたとえ朝子と別れる決心がつかなくても、二度と酒場某へ出入りする身分にはなれまい、そうすれば自然朝子と別れることになる、別れいそぎをすることはないのだと考えた。何かしら胆《きも》が据《すわ》ったような、晴朗な気持になった。女を洋品店の前へ連れて行って、船載の靴や腕環や腕時計を選ばせた。金鍍金《きんめっき》の腕環と時計を買った。腕環は五千円である。時計は一万七千円である。この買物で一時的にも女を自分のものと思うことができれば、二万円は決して高くはない。女にもおそらくそれがわかっている。尚雄が物を買い与えて、感謝の色を見たことはないのである。

いつものところへ行こうか、と尚雄が言う。たびたびあいびきをする場所は、東横線沿線の某駅附近の宿である。朝子は自分の下宿先に男が出入りするのを嫌った。銀座駅から地下鉄に乗ったとき、車内は混んでいる。両手に荷物があっては、吊革《つりかわ》につかまることができない。尚雄はさっきのように、荷物をもってくれると言い出しはせぬかと思って、女の横顔を窺《うかが》った。このとき名状しがたい怒りが生じた。先刻の女の一言を思い出したのである。その言葉に突然猜疑《さいぎ》をそそられたのである。

さきほど女はこう言った。

「ねえ、いつかこのラヂオ貸してくれる」

尚雄の脳裡《のうり》はこの一言に占められて、宿に着くまで一言も喋《しゃべ》らない。刑事のことも、課長のことも、病父のことものこらず忘れてしまった。

宿は高台にある。母屋《おもや》が焼残りの邸《やしき》である。利潤が上るにつれ、庭に三棟の離れを建てた。おのおの六畳と四畳半の二間《ふたま》である。玄関と別湯がついている。今夜は予約をしなかったために風呂《ふろ》がない。

婢《はしため》が床を敷き、六畳のほうに酒肴《しゅこう》の用意をして引下った。女は倦《だる》そうに斜めに坐《すわ》った。坐りかえて、溜息《ためいき》をついた。

尚雄が平気を装って笑って言った。

「さっきラヂオを貸してくれって言ったっけな。何に使うんだい」

それは「どこへもってゆくんだい」と訊こうとして止《よ》したのである。

女は答えない。やがて蔑《さげす》んだように笑って言った。

「ふん、忘れちゃった」

尚雄は漸《ようや》く怒気を含んで、忘れたでは済まないと言った。何に使うのか言えと言った。女の定めない微醺《びくん》の瞳は、恰《あた》かも瞼《まぶた》のあいだに浮動しているようである。何に使うのかわからない筈《はず》はない、ラヂオは聴くためにあるものだ、聴くのに使うのだと恬《てん》然《ぜん》と言った。

尚雄は怒気を発して、女の頬桁をいきなり搏《う》った。搏っておいて、言わでもの理窟を言った。成程ラヂオは聴くためにあるものだ、しかし携帯用はそのためだけではない、旅に携えて出るための器械だと言ったのである。

そうだ、だから旅先で聴くためだ、と女は居直って屁理窟《へりくつ》をいう。尚雄が旅行先を問いつめる。ようよう女は、大阪だと言った。

女が余裕を以《もっ》て、搏たれた頬を懐中鏡でしらべながら、尚雄の子供らしい怒りを横目に眺めているのがわかる。尚雄にも今の自分にとってもっともとるに足らないこういう問題に、これほど激してしまったのが自分でもわからない。こう訊いた。

「大阪へ……誰と行くんだ」

「マダムとよ。マダムが二三日お国へかえるんで、あたしについて来てくれっていうの。それもまだ決ったわけじゃないの。お店があのとおり忙しいしね。……あなたも馬鹿《ばか》ね」

女はまた大仰に頬を歪《ゆが》めて鏡を見た。

尚雄の嫉妬《しっと》は杞憂《きゆう》に終ったわけである。しかし今夜に限って、それでわだかまりが融《と》けたというわけには行かない。尚雄は女を搏つまでに激してしまった原因をきいてもらいたい。今まで言わなかったことであるが、その破局の逐一をきいてもらいたい。こう思う一方、今夜だけでも破局から目をおおいたい気持になる。ありのままを言えばこの女は、同情するどころか、冷笑しやしないかと思われる。……しかし今、このままでいては話の継穂がない。女をやさしい気持に誘い込むことは容易でない。

二人は際限もなく黙っている。東横電車が小雨のぱらつきだした梅雨時の夜気をとよもして駅を出た。また上《のぼ》りが駅に入る。それが出る。下《くだ》りが入る。それが出る。駅名を呼ぶ声までが鮮明にきこえる。

朝子は一度言い争うと容易に機嫌が直らない。今夜のように頬を搏ったのははじめてである。その機嫌の直らなさ加減も想像できる。

尚雄はつと手をのばして、携帯用ラヂオのスイッチを入れた。進駐軍放送が甘い音楽を送っている。これをきいても、朝子はいつかのように、好い気な独白をはじめるでもない。尚雄は哀訴のほかに手がないと考えた。女の名を呼んで、物を言おうとした。女が遮《さえぎ》って、そのまま立上って、こう言った。

「面倒な話は明日にして頂戴《ちょうだい》。眠いから、先に寝てよ」

女はすばやく着かえて、隣室の床に入った。尚雄は故意にゆっくりと着かえた。女の気の静まるのを待ったのである。床に入るときに、携帯用ラヂオを携えて行って、枕《まくら》もとに置いた。

朝子は邪慳《じゃけん》に拒んだ。拒む理由が二つある。一つは、こんな言い争いのあとのいやな気持でずるずるにそういうところへ落ち込むのはいやだというのである。一つは、物を買ってもらったからと云って、打たれても蹴《け》られても云うことをきくなどは、街娼《ひっぱり》だって恥じる行為だというのである。

暗がりの中で手をのばして、うるさいと連呼しながらラヂオを止めた。しかし朝子のところからは、片端のスイッチに手が届かない。片端のダイヤルをまわして止めたのである。

尚雄は何度試みても果せない。旅行鞄から熱海へもってゆく筈のウィスキーをとりだして、これをしたたかに呑《の》んで眠りに落ちた。

目がさめたのは朝の五時半である。廻したダイヤルが、昨夜すでに番組のおわった第一放送のところへ偶々《たまたま》行っていたので、朝五時半に鳴りだしたのである。枕許《まくらもと》でラヂオはこう言った。

「お早うございます。今日は六月廿四日の日曜日でございます。歴史をたずねますと、千六百十一年、慶長十六年のこの日に、加藤清正が歿《ぼっ》しております」

この途方もない朝の挨拶《あいさつ》で二人は同時に目をさました。窓は濃紫《こむらさき》である。暁闇《ぎょうあん》の室内では、お互いの顔がよく見えない。見えないけれども、目をさましていることがお互いにわかった。

尚雄は性急な気持である。この一日を生きるだけの力が自分にあろうとは思われない。昨日一日の凡《あら》ゆる蹉跌《さてつ》が、朝の透明な頭脳に次々とよみがえって来たのである。

彼は女の手をさぐった。女は拒まない。男は一緒に死のうと言った。口の中で呟《つぶや》いたのでよく聴きとれない。女は問い返した。そして言葉の意味をさとると、顔いろを変えた。朝子には死ぬ理由が一つもない。

尚雄は手を離さない。心中の相談をするには女に因果を含める手続が要る。それは承知である。しかしその手続が煩《わずら》わしい。話してわかる相手ではないからである。

概念的に云ってこれほど「愛している」女であるのに、尚雄はこの瞬間、朝子を或る親しい物質としか考えていない自分におどろいた。それは必要な物質である。抵抗でいっぱいな必需品である。朝子は今や道連れにすぎない。いわば携帯用ラヂオにすぎない。尚雄の死を必然的なものたらしめる無数の条件、無数の理由の、そこから脈絡なく鳴りひびいて来る器械にすぎない。

男はまだ手を離さない。女はいつもとちがう力を感じて、肢《あし》を罠《わな》にとられた狐《きつね》のように、体じゅうの力で遁《のが》れようとする。それも無駄だとわかると、今度は声を立てた。

「助けて、助けて」そう言った。

そう言いながら、男に顔をすりよせて、何度となく叩頭《こうとう》して、こう囁《ささや》いた。

「ね、許して。私がわるうございました。ね、怒らないで。これから何でも云うことをききますから。ね、どうしたらいいの？　ね、どうしたらいい？」

男は答えない。とうとう女は金切声をあげて助けを呼んだ。尚雄はその口をふさいで、体ごと女の上にのしかかった。片手で自分の寝間着の紐《ひも》をすでに解いている。紐はすでに女の項《うなじ》のうしろに廻されている。朝子は起き上ろうとしたが、果さない。尚雄が我に返ったとき、女の息は絶えている。その顔は醜く歪んでいる。

朝の涼気と一緒に、尚雄の心を死の恐怖が襲ったのは、それから数分の放心ののちである。

義務が彼をそそのかした。女の腰紐を手にさげて、窓を薄目にあけて、庭の木立を物色した。すでに朝である。雀《すずめ》が囀《さえず》っている。松の梢《こずえ》は明るく、そこで死ぬ勇気は到底出ない。尚雄は部屋中の釘《くぎ》を物色した。男の体を支えるに足る釘は見当らない。

彼は熱病のような「生きたさ」の虜《とりこ》になった。屍《しかばね》の枕許で、携帯用ラヂオが朝の音楽を奏している。尚雄はもう死ぬことができない。聴くともなしにその音楽が耳に入る。昨夜この同じ部屋で、尚雄はこう云った。

「携帯用ラヂオは携えて旅へ出るためにあるものだ」

死んだ女はそうは言わなかった。朝子はただ、こう言ったのである。

「ラヂオは聴くためにあるものだわ」

S・O・S

昭和29（1954）年6月、『潮騒《しおさい》』を刊行。圧倒的なベストセラーとなる。だがその「通俗的成功と、通俗的な受け入れられ方は、私にまた冷水を浴びせる結果」になったと、後年吐露している。7月、自衛隊発足。「小説新潮」11月号に本作発表。

晩夏のある朝、埋め立てられた熱海海岸の突堤を下りて、ごろごろした大石ばかりの磯《いそ》で遊んでいた子供が、波の打ち上げた煙草《たばこ》の罐《かん》をひろった。

それをひろった子供は得意そうに友だちに見せた。

ピースの鑵であったが、レッテルは落ちていた。蓋《ふた》はひどくあけにくかった。子供たちはかわるがわるためした結果、一人がようやっとそれをあけた。あけたのは拾った子供ではなく、三人のうちでいちばん薄野呂《うすのろ》な、いちばん馬鹿力《ばかぢから》のある子であったのが、拾った子供には大そう残念であった。

鑵の中は水に犯されてはいなかった。

二三本の燐寸《マッチ》の燃《も》え滓《かす》と、折り畳んだ紙が出て来た。紙は鑵の内側に巻かれていた厚紙で、それに、燐寸の燃え滓の、炭になった部分で書いたと思《おぼ》しい稚拙な字が書かれていた。

「私たちは漂流しています。死の寸前です。最後の望みを、この手紙に託します。S・O・S。はつ子」

子供たちは、紙を引ったくり合って、かわるがわるそれを読んだ。筆跡の乱れも、潜水艦の乗組員が死の寸前にしたためた遺書を、本の写真版で見たことがあるが、丁度あれに似ていた。

子供たちは沖のほうを眺めた。その朝は凪《な》いでいて、鰯網《いわしあみ》の舟が沢山出ており、大そう暑かったが、沖の雲には秋の雲の明澄《めいちょう》さがすでに見られた。きのうは、九州をかすめた颱風《たいふう》の余波で、海はひどく荒れた。今朝は嘘《うそ》のように静かであった。もしかして、きのう海へ出たヨットが、波にあおられて、難航したのかもしれない。

とにかく子供たちには、このS・O・Sの手紙は重大に思われたので、ピースの罐と、メモと、数本の燐寸の燃え滓とを、三人が等分に持って、かれらの母親に知らせに駈《か》け出した。

家へかえる車道横断の際に、かれらは大型の観光バスに行手をさえぎられた。観光バスには、どういう団体かしらぬが、チョン髷《まげ》に結ったやくざの風態《ふうてい》をした人たちが乗っていた。寝不足の顔を朝酒で赤くして、太った男が窓から首を出していて、と子供たちを、古風な呼名でからかった。襟には白地に、墨で大きく、「大政」と書いてあった。

「こら小僧ども」

＊＊

二日前は、やはり同じような平穏な日であった。土用波も立たず、八月に似ない穏やかな波が寄せていた。

午前十時五十二分着の湘南《しようなん》電車の二等車から、中年の肥《ふと》った紳士と、サン・グラスをかけた若い女が降り立った。紳士のもっているのは女持ちの薄青いろのボストン・バッグで、若い女の荷物を持ってやっていると一目でわかる。こういう一組は、熱海では最もめずらしくない取合わせであったが、着いた時間が、多少変っているといえば、変っている。尤《もっと》も、「日帰りで」という条件つきなら、甚だ適当な時刻である。

男は銀座の老舗《しにせ》の洋品店の主人であった。禿《は》げた頭は軟いらしく、パナマ帽をとって汗を拭《ふ》くと、帽子の縁《へり》がはっきりした筋を頭のまわりに印している。一見精力的で、人相見が見たら、一目で福相だというであろう。耳も、耳朶《みみたぶ》も厚くて大きいいわゆる福耳である。要するに、たとえどんな心労があっても、世間がどうしても「結構な御身分」というタイプに入れておかなければ承知しないような人物なのである。腹の出っぱり具合までが、指の関節に笑窪《えくぼ》のできる肥った両手が、丁度臍《へそ》のあたりで、辛うじて握手できるような寸法に出来上っていた。彼はパンツを買うときは、銀座の専門店へ行って、超巨人型という胴廻りのパンツを買った。

女のほうは、すべて清楚《せいそ》で、ひどく潔癖で、一日に十ぺんも手を洗わなければ気がすまないという気質にみえた。気取ったサングラスをこそかけているが、着ているものにも、決して男に買ってもらったような身分不相応の贅沢《ぜいたく》さはなかった。水いろのリネンのスーツはすこし身幅に合わないようで、その粗い布地に包まれている細い身体《からだ》が、いかにも着物と別々に生きている新鮮な裸かの感じであった。

改札口を出ると、工事中の駅前広場のコンクリートにかけられた莚《むしろ》の黄のいろが、夏の日中《ひなか》の日光をけばけばしく反射させているのが眺められた。宿の客引たちが、一せいに二人のほうへ近づいてきた。男は柔かい大きな手を振って、

「宿は要らん。家へかえるんだ。家へかえるんだ」

とせっかちに言った。

そのとき、女のほうが姿を消したので、男はあたりを見廻して、女の姿を探した。この瞬間の男の茫漠《ぼうばく》とした顔には、不意に子供の泣きべそのような表情があらわれた。

世故に長《た》けた納りかえった顔に、急にこんな子供の表情がとび出すのは奇観であった。

しかし女はすぐ見つかった。駅の待合室のほうへ行って、時間表を見上げていたのである。

「どうした？」

と男が言った。

「かえりの電車の時間を見ていましたの。おそくも七時には熱海を発《た》ちたいわ」

と女が答えた。

「大丈夫だよ。家へ行けば時間表も置いてある」

そう言いながら、男は女を促してタクシーに乗った。永らく日ざしが当っていたために熱くなっているビニール張りの座席に背をもたせながら、

「稲村」

と男は行先を言った。

⁂

ところでこの二人の間柄や名前を、いつまでも秘し隠しておくには及ばない。

中年男は、先にも言うように、東銀座のある洋品店主で、五十八歳で、妻はあるが、

子供はない。柏倉之助《かしわくらのすけ》という名である。

女は十九歳で、一ト月ほど前に、洋品店の売子として雇われた。身柄もたしかだし、高級官吏であった父が死んだあとで、一家の生計をたすけるために、大学へ進まずに売子になったのである。浅間はつ子という。

店主が、慰労という名目で、彼女を熱海の別荘へ伴うまでには、それがたとえ日帰りという約束に終ったにせよ、いろいろな苦労があった。他の店員の手前もあるし、いままで自分の使っている者には手を出さないことが、倉之助の主義であったのに、今度はその禁を自ら破る形になったからである。

はつ子は、倉之助の見るところでは、たしかに処女にまちがいはなく、わずか一ト月の観察でたしかではないが、男友達もなさそうであった。

はつ子は主にネクタイの売場にいたが、愛嬌《あいきょう》がなくて、あまりいい売子とは云《い》えなかった。自分の洋服にどんなネクタイが似合うのか見当のつかない客に、決して押しつけがましくなく、しかし確信と誠意を以《もっ》て、似合いのネクタイを押しつけるのが、売子の秘訣《ひけつ》であるが、はつ子のすすめ方には、何となく情熱や誠意が欠けていた。

はじめて倉之助がはつ子をお茶を呑《の》みに誘って、何が呑みたいか、と云っても、何も呑みたくない、と答えた。倉之助はおどけて、メニューを上から下まで読んだ。

そうして読んでいるあいだ、倉之助は、この女の子が面倒になって、おしまいまで読んで、まだ、何も呑みたくない、と言ったら、それで附合いをやめようと思ったのである。

……ミルク・セーキ
オレンヂ・スカッシュ
オレンヂ・エード
レモン・スカッシュ……
そうしてとうとう、
……ジンジャア・エール

と読みおわった倉之助は、持ち前の眠たそうな重い二重瞼《まぶた》の眼で、すこし憎たらしげにはつ子を正面から見た。

するとはつ子はニコッと、弾《はじ》き出すように白い前歯を見せて笑って、

「ジンジャア・エールをいただきます」

と几帳面《きちょうめん》な言葉づかいで言った。

その瞬間に倉之助ははつ子に惚《ほ》れたのである。二人が親しみを倍加させた事情が、更にそこに附加わった。というのは、女給仕を呼んできくと、ジンジャア・エールは

品切れだった。

「やれやれ、骨折り損のくたびれ儲《もう》けか」

と、倉之助が実感をこめて言った。そこではつ子も笑い出し、倉之助に同調して、オレンヂ・スカッシュをたのんだ。

その後、倉之助は映画の夜の部の指定席の切符を買って来て、皆にわからないように、そっとはつ子の手に握らせたりする。二人は別々に店を出て、映画館で落合う。自動車で家へ送ってやることから、お定まりの、装身具や洋服を買ってやる話になって、はつ子はきっぱりとはねつけた。

「そんなもの要りませんわ」

「要らないなんて言って、この間の、ジンジャア・エールみたいに、急に『あれがいい』なんて言い出すんじゃないか」

「ううん。私、男の方から、形のあるものはいただいちゃいけないと思ってますの。ただね、私、パパがいなくなってから、社長さんが可愛《かわい》がって下さるから、パパが生き返ったような気がしてうれしいんですわ」

「はっきりものを言う人だ」

「でもね、うかがっていいかしら？　社長の奥さまはどうしていらっしゃるの」

11月のトピックス

2020 NOV

新潮文庫

ホームページ
https://www.shinchosha.co.jp/bunko/
くわしい新刊情報や立ち読みコーナー、著者からのメッセージなど役立つ最新情報が満載です。

三島由紀夫没後50年、新装幀と新解説で新たな三島に出会う

初めて出会う
新・三島由紀夫
没後50年の新装幀・新解説
新潮文庫

新解説者

石井遊佳（作家）『愛の渇き』
恩田 陸（作家）『金閣寺』
小池真理子（作家）『春の雪 豊饒の海（一）』
佐藤秀明（日本近代文学研究者）『花ざかりの森・憂国』
重松 清（作家）『潮騒』
辻原 登（作家）『宴のあと』
津村記久子（作家）『真夏の死』
中村文則（作家）『仮面の告白』
久間十義（作家）『午後の曳航』
平野啓一郎（作家）『サド侯爵夫人・わが友ヒットラー』
森井 良（フランス文学者）『禁色』

今月のフェア

三島の貴重な朗読音源を期間限定で特別公開！『サド侯爵夫人・わが友ヒットラー』に収録されている戯曲「わが友ヒットラー」を三島由紀夫本人が朗読したものので、全編無料で聴けます。作品背景の史実と政治の怖さが、声を通じて伝わる素晴らしい朗読です。

全国の書店で新・三島由紀夫フェア開催中！

三島由紀夫の肉声が聴ける！

期間限定
2021年1月31日まで
▲こちらのQRコードからアクセス！

『君の膵臓をたべたい』著者が贈る、共感度No.1の青春小説。

キュンとする青春群像劇。

630円
102351-
イラスト

パラ

ヴェネツィア便り

時を越えて届いた、若い〈あなた〉からの手紙。〈時と人〉を描いた15の短篇小説。

北村 薫

630円
137335-5

へんろ宿

江戸回向院前の安宿「へんろ宿」には、わけありの旅人が次から次へとやってくる。

＊感涙の人情時代小説、待望の新シリーズ開幕！

文庫オリジナル

藤原緋沙子

590円
139165-6

妻は忘れない

私はいずれ、夫に殺されるかもしれない。家族こそが謎――『夫の骨』著者の最新ミステリ集。

＊日本推理作家協会賞受賞後第一作！

文庫オリジナル

矢樹 純

590円
102381-6

ソナンと空人《そらんと》

③運命の逆流
④朱《あか》く照る丘

沢村 凜

ふたつの国を生きた英雄の最期とは。人生の意味を知る大河ファンタジー、堂々完結！

文庫書下ろし全4巻

(3)670円(4)590円
102333-5/34-2

高校生ワーキングプア

―「見えない貧困」の真実―

「7人に1人が貧困」という日本の高校生。その実態に迫った切実なルポルタージュ。

NHKスペシャル取材班

550円
128383-8

塩野七生唯一の「歴史小説」

小説 イタリア・ルネサンス2

―フィレンツェ―

塩野七生

狂気の独裁者と反逆天使――。二人のメディチ、生き残るのはどちらか。花の都に君臨した一族をめぐる、若さゆえの残酷物語。

書下ろし続編12月に刊行決定！

全4巻

1100円
118122-6

今月の新刊

2020.11

この感情は何だろう。　新潮文庫

「いや、ちょっと体をわるくしていてね。いつも東京を離れているんだよ」

それから数日後、日がえりなら、別荘へ海水浴につれて行ってもらってもいいという承諾を、はつ子は与えたのである。

＊＊

タクシーは熱海ホテルの上をとおって、海ぞいの伊豆山の自動車道路を走った。途中でトラックにあうと、物馴《ものな》れた運転手は、溝へ片方の車輪が落ち込もうとするすれすれのところまで身をよけて、やりすごした。

蟬《せみ》がやかましく鳴き、黒い肌にシャツとパンツだけの子供が空気銃をもってうろついていた。そのあとから、お供の子供が二三人ついて行った。空気銃で蟬を打つ妙技を家来共に見せようというのであろうか。

柏別荘は海に臨む崖《がけ》の上にあったが、そこまで下りる道は草深く、自動車は餅《もち》をこねまわすように存分に揺れて下りた。

倉之助は予告をせずに別荘へ出かける習慣だったので、門のところへ迎えに出ている人影はなかった。

「ここだよ」

と倉之助は、あとから石段を下りてくる女へふりむいて言った。はつ子は別段、いいところね、とか、いいお家《うち》ね、とかいう感想を洩《も》らす女ではない。

家に近づくと、ラヂオの大きなジャズの音が暑くるしくひびいて来た。別荘番の家族がジャズをきくとは珍しいことである。

二人が並んで、倉之助が玄関の引戸を引くと、すぐ目の前には葭戸《よしど》の衝立《ついたて》があって、その奥に海を見晴らす居間兼食堂がある。そこから白い浴衣《ゆかた》の人が立上って、玄関のほうを見て、

「あら、だれ」

と言った。

「おお、来ていたのか」

と倉之助は言ったが、暗い玄関でも、その表情の動揺がはつ子にははっきりわかった。

「御一緒？　さあ、お上りなさいよ」

と女は愛想よく言った。

居間にはもう一人、裸かにパンツ一つの行儀のわるい人物がいて、上った二人を見ると、悠然と起き上って、ぶすっと、

「お邪魔しています」

それだけ言った。体格のよい平凡な顔立の青年である。

はつ子はドギマギしたが、倉之助がわざわざ風通しのわるい床の間の前へ行って、そこにあぐらをかいたので、ここの家の主権が倉之助にありそうなことは、納得が行った。

「こちらは、浅間はつ子さん、店で働いてもらっている人だ。こちらは、家内。そちらは勝浦君。家内の友達だ」

と、やっと自分を取戻したような口調で、倉之助が紹介した。動顚《どうてん》していたはつ子は、それまで外すのを忘れていたサン・グラスをはじめてとった。すると暗い家の中の文色《あいろ》がはっきりしていて、柏夫人の大柄で肉づきのよい体や、目の大きい濃艶《のうえん》な顔立ちが、目の前に迫って来るようであった。

「まったく知らなかったよ。ここに来ていたとは」

「勝浦さんと芦《あし》の湖《こ》へ行ってたんだけど、山に飽きちゃって、ゆうべからこっちへ来てるのよ。お店のほう、忙しい？」

「だめだね。不景気で」

まるで夫婦というより友だちの会話で、はつ子は、柏夫人がときどき愛嬌のいい視線をこちらへ向け、少しもこだわりを感じさせず、そうかと言って、倉之助をからかうようなことも言わないので、だんだん落着いて来た。さっき上り口では、倉之助と一緒に熱海へ来た別荘に奥さんがいたという事態にびっくりして、逃げ出そうと思ったくらいである。

「お風呂《ふろ》へお入りになったら？」

「うん、そうしよう」

「じいや、旦那様《だんな》がお風呂よ。それからね、勝浦さんと話していたんだけど、おひるごはんがすんだら、舟を出して初島へ行かないこと？　はつ子さんと仰言《おっしゃ》ったかしら？　舟には弱い？」

「いいえ」

「そんなら丁度いいわ」

「よし、そんなら、そうしよう」

と倉之助は、間《ま》を外したような返事をした。

——倉之助が風呂へ行ってしまうと、はつ子は扇風機のおかげでようやく息のつける暑さだったが、目の前の男女は、はつ子をほったらかして、新聞の広告を一生けんめい見ている。

「あら、今度は『火の鳥』が出るのね」

「うん」

「初日がいいわね。旦那に切符たのんで、店に言づけといてもらおうよ。旦那は足場がいいし、顔が利《き》くから、切符をとってもらうのにはいちばんいいわよ」

二人は野放図もない音を立てるラヂオのジャズをつけっぱなしにして、それに対抗するような大声を何の努力もなく張り上げて、話し合っているのである。

『この奥さん、ちっとも体がわるそうじゃないわ』

とはつ子は思った。彼女はいつのまにか、自分が小間使いのような観察眼を働らかしていると思って、ちょっとイヤな気がした。

＊＊＊

快晴の海は、初島の右のあたりと、左の海上に、低い積雲の連なりと見るだけだった。

老練な船頭の別荘番のじいやが先に立ち、二組の男女は半ば草に埋もれた細い桟道を一列縦隊で海のほうへ下りた。

倉之助は白いちぢみのシャツに、膝下《ひざした》までのキャラコの白いズボン下をはき、麦藁《むぎわら》帽子をかぶっていた。夫人は白の、はつ子は薄黄の海水着に、肩からケープを羽織り、大きな麦藁帽子をかぶった。日ざしが麦藁のひまから洩れて、夫人の高い鼻のあたりに細かい斑《まだ》らをえがいた。勝浦はまた野蛮で、真赤な海水パンツ一つに、帽子もかぶらず、こぼれ松葉の多い道を平気で跣足《はだし》で歩いてきた。

煙草の鑵や飴《あめ》類を入れたビニールの袋は、はつ子が持った。

はつ子はこの夫人がいてくれれば、万事が安心で、きょうの一日が愉快に遊べるような気がして、おのずと夫人に親しみも生れ、初対面から一時間しかたたないのに、何か夫人をたよりにする気持になっていたが、無口な勝浦青年のほうは、まるで他人に関心がない風で、少し馬鹿ではないかと思うくらいに、夫人とだけ、「うん」とか、「ああ」とか、最小限の会話を交わした。

石段を下り切ると、岩がそこらじゅうに肩をそびやかしているせまいゴロタ石の海岸で、大した波でもないものが、岩の間のさしひきに水底の礫《こいし》をころがすとみえ、地下鉄の通るのを地上の歩道の風穴から聞くみたいな音を立てた。

一艘《そう》のエンヂンのついた和船が、岸に引き上げられていた。横腹に青地に黒ペンキで、柏丸という、あまり頭を使わずに考え出したらしい船名が書いてあった。

舟が海上に辷《すべ》り出ると、左の海上の積雲の列《つら》なりは雲の頂きと裾《すそ》のほうがやや暗み、中ほどだけが横長に薔薇《ばら》色の光りに染まっているのが眺められた。

背後に熱海市街のこまごまとした遠望がひらけた。

海上の日光は、はやくも肌を痛く刺した。舟の上の人たちは、と云っても、船頭と勝浦青年はほとんど喋《しゃべ》らなかったが、当りさわりのない会話を交わした。

奥さんの話は呑気《のんき》なことばかりで、はつ子はおどろいた。

「このあいだ箱根のホテルで、よその奥さんがもっていたとても洒落《しゃれ》たコムパクトがあるのよ。あんなの銀座に売ってないかしら」

「何でしたら、お店で取寄せますけど」

「でも和製だか舶来だかわからないのよ。そりゃあ洒落てるの。型はふつうの四角い型だけど、それが旅行鞄《かばん》のデザインになってるのよ。クラウンへ行ってみようかしら、あそこならあるかもしれないわ」

倉之助は舟ばたから、しきりにテグス糸を繰り下ろして、餌《えさ》を使わずに鉤《はり》一つで魚をとる釣に熱中していたが、一向に釣れてくる気配はなかった。

青年は太陽に顔をさらして眠ってしまった。奥さんがその鼻をつまんで起した。

「痛え」

「まア、イヤだ。鼻があぶらでツルツルしているわ」

倉之助はこんな会話にも風馬牛《ふうばぎゅう》であった。舟の速度がさわやかな風を呼び起して、はつ子は暑さを忘れた。なめらかな濃紺の水を切って、さっと目先をかすめる影があった。

「あ、飛魚だわ」

「こんなところにも飛魚がいるんですわね」

一時間たらずで、初島の細部がようやく目に映りだした。いつまでもその左右相称の島の形は、舟のゆく手に浮かんでいて、すこしも接近してゆく感じを与えなかったが、「氷」と赤く書いた茶店の旗がはっきり見えるようになると、俄《にわ》かに距離は実感を増した。

島の右側の木《こ》がくれに、バンガロウの赤い小さな屋根が、沢山ちらばってみえた。石垣の古い突堤を突き出した舟着場へ近づくにつれ、冷たい透きとおった水は、海底の岩のたたずまいを明瞭《めいりょう》に見せ、その岩についている海胆《うに》までが、黒紫色にゆらゆらと揺れてみえた。

一同は舟から上ると、「船酔いの社」の前をすぎ、バンガロウ村をとおり抜けた。せまい犬小屋のような中で、男女がお尻《しり》を向けあって昼寝をしていた。あたりには炊事の香りがただよい、水洗場で笑いさざめきながら、食器を洗っている男が、

「女房の苦労がわかるよ」

などと嬉しそうに言っている声がきこえた。

一同は浜へ出て、海女《あま》の村へ行くか行かないかで議論がわかれた。

「あなた勝手に行ってらっしゃいよ。はつ子さんと一緒に。あたしたち、ここですこし水浴びをしてから、舟着場で待ってるわよ」

「それじゃそうしようか」

夫婦は全然お互いの自由を侵犯する気がないらしかった。

ところが、はつ子が倉之助について行った海女の村への道は、なかなかの難路だった。磯いちめんの灼《や》けたゴロタ石づたいに、一丁ほども行かなければならないのである。

倉之助は、はつ子の手をとって扶《たす》けるどころか、忽《たちま》ち疲れて、石の裏の日影に坐《すわ》り込んだ。はつ子も心配してその巨石のかげへ下りると、

「大丈夫ですの？　社長さん。ここらで引返しません？」

「いや一寸《ちょっと》疲れた」と言ったきり、ハァハァ息を切らせている。

仕方なしに、はつ子も岩の影になった側の冷たい肌と、波のひびきとを背にして、そこにうずくまった。

倉之助は、はつ子の手にしているビニールの袋から、ピースの鑵を出させて、煙草に火をつけた。

「おや、もう四五本しか残っていないね」

「往《い》きの船で、御三人でずいぶんお吸いになったんですもの」

「どうか御三人なんて云わないでおくれ」と少し息の静まった声で、倉之助は云った。

「あの二人は他人なんだから。私はただ我慢してるんだよ、はつ子さん」

はつ子さんと呼ばれたのは最初であった。倉之助はもう一度、図体《ずうたい》に似合わぬ細い声でくりかえした。

「私はただ我慢をしているんだ」

「………」

「可哀想《かわいそう》だって言ってくれないのかね」

「可哀想なんて申上げたら怒るような社長さんだと思っていましたわ」

「社長さんなんておよし。私だってちゃんと柏っていう名前があるんだから」

首に熱いものがさわったと思ったら、倉之助の腕がはつ子の首に巻かれていた。押し倒されそうになったので、

「痛いわ。いやよ。背中に怪我《けが》をしちゃうわ」

とぶつぶつ云いながら、はつ子は接吻《せっぷん》だけはさせた。接吻しているあいだも、まだぶつぶつ口のなかで云っているように見えた。

風が岩のあいだを辷るようにして流れて来て、二人の足もとに通った。

「今日は泊ってゆかない？」

「いやあよ、柏さん」

「なぜ」

「なぜって、ママに怒られちゃうし、それに奥さんや勝浦さんと一緒に泊るなんて、考えただけでゾッとするわ」

「そんならホテルに泊ればいい」

「ホテルはいや。絶対にいや」

いや、という語気はヤケに強かったが、「ホテルは」の「は」の字に、はつ子自身も気のついていない含蓄があった。

「そんなら、奴《やつ》らをホテルへやればいい。金さえやればよろこんで行く連中なんだよ」

はつ子は黙っていた。この肥った大きな孤独な赤ん坊のような中年男が無性に可哀想になって来て、そのつやつやした膝頭を見ていると、何だか涙が出そうになって来た。『泊ってあげれば、それで気がすむのかしら？　そんなに私が居てあげないと、このパパは淋《さび》しくて寝られないのかしら？　泊るだけなら……』

しかしはつ子は、ふと肩を強くゆすぶられるような気がした。

『危険だわ。男の人って、何もしないで、一緒に泊ることなんて、できないっていう話だわ。危険。危険』

はつ子は何も言わないで立上った。

「どこへ行くんだね」

「奥さまたちの泳いでいる海岸まで。私、ちょっと泳ぎたくなったの」

「オイオイ、待ってくれ」

倉之助は、灼けた石から石へ、息をはずませて、又、はつ子のあとを追って来た。

一同は水を浴びて、しばらく休んだのち、古い家の建てこんだ漁師町を散歩した。家と家のあいだの一条の石畳の道は、平家の落武者の住みならえていた町の特徴だということである。どの家でも、老婆《ろうば》が一人ずつ、ぽつねんと留守番をしていた。ある庭では、肥った老婆がさかんに水音を立てて洗濯をしており、すごい目附をして、この派手な一行を見送った。ある家の縁側では、老婆が投げ出した片足をゆるゆると掻《か》いており、すぐ目の前を一行が通っても、あらぬ方《かた》を見ていた。

＊＊

かえりの舟では会話はあまり弾まなかった。尤《もっと》も勝浦青年はごろっと寝ころがって、あいかわらず、無言の行をつづけていたが。

倉之助は、テグスの糸の束を持って、船尾へ座を移した。老船頭と相談ずくで釣ろうというつもりらしい。彼の繰る糸の、はねるような光りの反射が、船首の横板に腰かけている夫人とはつ子の目に見えた。

雲の或《あ》るものはもう色づいて、初島の左の空を、萌黄《もえぎ》と薄紫のえもいわれぬ美しい横雲が彩《いろど》っていた。海面はなめらかで、三角波が少しもなかった。

夫人とはつ子はすっかり仲好しになった。東京の映画の話が出ると、しばらく東京へ出ない夫人はしきりにそれを見たがったりした。

夫人はちょっと声をひそめた。声をひそめなくても、やかましいエンヂンの響きが、二人の会話を到底船尾の人の耳には届きにくくさせていたが。

「あの人、あなたを口説いた？」

はつ子は黙っていたが、まだ日灼けのしていない頬が赤くなった。

「そう。でもね、あなたがあとでガッカリしないように、言っておくけど、あの人、あのほうはもうすっかりダメなのよ。病気をしてから、全然ダメになったの。いろいろ女をためしてみるらしいけど、誰とでもダメなのよ。勿論《もちろん》私ともよ。私がこんな生活をしているのを、あなたに悪口を言われたくないから、こんな打明け話もするんだけれど。……だから、あなた、心配することはないのよ。危険は全然ないんだから」

もちろんこの会話は全くきこえなかった筈だが、たまたま、船尾から立上った倉之助は、四つん這《ば》いのような恰好《かっこう》で船首へ戻って来て、

「だめだ。だめだ。今日は一寸も釣れん」

と言った。そして自分を見つめているはつ子の泣きそうな目つきに、怪訝《けげん》な表情をした。

柏夫人にも、一寸照れ隠しの衝動が生じたようである。つと手をのばして、空《から》になったピースの鑵をとりあげると、

「面白い遊びをしよう。はつ子さん、マッチに四五本火をつけて、燃え滓を作りなさいよ」

と言った。

「ほう、面白い遊びって何だね」

倉之助はふやけたような微笑をうかべて言った。

夫人は鑵の内側から厚紙を抜くと、

「さア、はつ子さん、私の言うとおりに書くのよ。マッチの燃え滓で」

そして夫人は目をつぶって、鼻歌をうたうような調子で、ゆっくりと一語一語言った。

「私たちは、漂流、しています。死、の、寸前です。最後、の、望み、を、この手紙に、託します。S・O・S。はつ子。……いいこと？」

はつ子は、書きにくいマッチの滓で、何度もなぞりながら書いた。

「S・O・S、はつ子、かね」と何の気なしに首をさし出していた倉之助は、ふいに、今まで見せたこともない兇暴《きょうぼう》な目つきになって、夫人のほうを見つめた。

夫人はうつむいて、はつ子の作業を眺めていたから、大人しい良人《おっと》のこの怖《おそろ》しい視線には気づかなかった。

しかしはつ子は、その瞬間の表情を見てしまった。

『社長は、奥さんの皮肉を見破ったんだわ。私にわざわざS・O・Sなんて書かせた皮肉を……』

倉之助はうつむいている妻の白い首筋にじっと目をやっていた。彼は今にもそこにつかみかかり、その首を肥った大きな掌で絞めつけようとしているかに見えた。勝浦青年は、何も知らずに、気楽に眠っていた。

……しかしこの一瞬がすぎると、倉之助はまたいつもの、柔和なとりとめのない、しかしいかにも精力的な商人らしい表情に戻った。

「そうよ。それを畳むのよ。それに、マッチの燃え滓も二三本入れたほうがいいわ」

夫人は朗らかに言って、友達らしく親切に手つだった。ピースの鑵は遺書を入れられて、蓋をされた。

「海にお投げなさいよ。明日あたり、誰か拾ったら、びっくりするわ」

「ははは、こりゃあ面白いな」

と倉之助は少しだらしなく笑った。

はつ子は鑵を水に投げた。

舟足の速さは、その鑵の遠ざかる速さで知られた。金文字のついた濃紺のレッテルは、波間にしばらく漂っていたが、見る見る遠くなって、いつのまにか、どこへ行ったかわからなくなった。

一九五四、九、一三

魔法瓶

昭和37（1962）年、「文藝春秋」1月号に本作発表。日本は高度成長期の真《ま》っ只中《ただなか》だったが、国際情勢は冷戦が深刻化していく。10月、キューバ危機。そんな中、1月から開始した連載は地球と人類への洞察に富むSF『美しい星』だった。

一

会社の出張でロスアンジェルスに半年滞在して、そこから直行でも帰れるのだが、二三日サンフランシスコに遊ぶつもりで立寄った川瀬は、朝のホテルで、サンフランシスコ・クロニクルに目をとおすと、何か日本語で書かれたものがむやみと読みたくなって、ロスへよこした細君の手紙をまたとりだして読んだ。

……………………。

『滋《しげる》はときどきパパのことを思い出すらしく、何でもないときに、突然「パパは？」と不安そうに訊《き》きます。おいたをしたときには、あいかわらず、魔法瓶がききめがあります。この間も世田谷のおばさまがいらしって、「魔法瓶をこわがる子なんてきいたことがない」と笑っていらっしゃいました。うちの魔法瓶が古くなったせいでしょうか、そっと置いておいても、何か陰気な独り言をぶつぶつ呟《つぶや》いている老人のように、中の空気がコルクの栓の隙間《すきま》から間断なく洩《も》れて立てるあの音をきくと、滋はとたんに大人しくなり、おりこうになります。滋には甘いパパよりも、きっと魔法瓶のほうが怖いのでしょう。……』

…………。

――何度も読んだ手紙をまた読み返すと、もう他にすることがなくなった。外は十月の快晴なのに、ホテルのロビイはシャンデリヤをみなともして、しかも云《い》おうようなく陰気で、朝から着飾った老人たちが、水底の藻のようなゆるい動きで立ちつ居つしていた。深い安楽椅子《あんらくいす》の底で、新聞を読んでいる老紳士の片目鏡《モノクル》が光っていた。

団体客のものらしい色とりどりの鞄《かばん》の山のあいだをすりぬけ、いつも混雑しているフロントに鍵《かぎ》を残して、川瀬は重い硝子《ガラス》のドアを押して戸外へ出た。

まばゆい秋の日の中を、ギイリー・ストリートを横切って、煙草《たばこ》屋や土産物店や安手のナイト・クラブや大帆船の船首を入口にしつらえた魚料理の店などが居並ぶパウエル・ストリートを下りてゆくと、雑沓《ざっとう》の中をこちらへ上ってくる遠くから目に立つ人の姿があった。

それはいかにも遠くから、一瞥《いちべつ》で日本の女、それも二世や三世ではない、生粋の日本の女とわかるのである。そうかと云って、和服を着ているわけではない。この町の保守的な服装をちゃんと真似《まね》て、帽子をかぶり、真珠の首飾をかけ、シルバー・ミンクの立派なコートを羽織っている。それでいてお化粧が白っぽすぎ、身のこなしにもこれといって瑕瑾《かきん》がないのに、何となく無理に威勢よく歩いているという風情《ふぜい》がある。そのために手を引かれている三四歳の女の児は、外套《がいとう》の片袖《かたそで》が吊《つ》り上って、半ば宙ぶらりんになって歩いている。

「あらまあ」と女は、道ゆく人がふりかえるほどの声で言った。そしてハイヒールの爪先《つまさき》がつっかかるように小走りに来て、

「すぐわかったわ。日本人って遠くからわかるわね。いかにも『大小を腰にたばさんで』というスタイルだから」

「そういう君こそ何ていう恰好《かっこう》だ」

と川瀬も久闊《きゅうかつ》の挨拶《あいさつ》を忘れて応じた。その瞬間に、いつもぴっちりと几帳面《きちょうめん》に決めておいた筈《はず》の過去との距離を、もののはずみで何寸かつづめてしまったような気が川瀬にはした。

川瀬はこれを外国のせいにした。日本の尺貫法がそこでは狂ってしまう。他国での

邂逅《かいこう》が、表情を咄嗟《とっさ》に誇張させて、あとからもとの寸法に引戻そうとしても、もう間に合わなくなって困る場合がある。これはあながち男と女の場合に限らない。そう親しくもない男の知人の場合だってそうである。

女はここ一二年、附焼刃で外国風の化粧を習い、洋服の着方歩き方を習ったあとがいちじるしく、その成果は目ざましいものがあるけれど、白粉《おしろい》の刷《は》き方の念入りさには、そういう新参の心配がよくあらわれていた。外国婦人は人前もかまわずコンパクトをのぞいて、あたりに粉が散るほどはたくくせに、その結果には一向無頓着《むとんちゃく》で、小鼻のわきが斑《まだ》らになっていることなどが往々ある。彼女の化粧には、そういう無頓着なところが欠けていたのである。

二人は立ち話のまま、まず自分がここにいる状況を説明した。

きけば女は、旦那《だんな》が貿易商でしょっちゅう日本とアメリカを往復しているので、サンフランシスコに新機軸の日本料理店を開業させる下準備に、彼女を視察に出したというのである。ゆくゆくは彼女がその女将《おかみ》に納まる筈であるが、旦那にしてみれば女を島流しにするつもりなどはさらさらなく、熱海あたりに一軒宿屋を持たせるのと同じような気持でいる。それほど彼は気宇雄大で「スケールが大きい」のである。

話半ばに、手を引かれていた女の子がじれだしたので、

「どこかでお茶でもいかが」

と銀座を歩いているような調子で言った。川瀬も暇だったからすぐ応じたが、さっきから女をどう呼んでいいかと迷っていた。もう五年前の浅香という名で呼ぶのはためらわれた。

二

喫茶店と謂《い》っても銀座のような様子ぶった店はなくて、軽便な食事のための食堂と、店の中央を大蛇のようにとぐろを巻くカウンターと、それに土産物店に煙草屋を兼ねた、騒然たる明るい店しかない。三人はカウンターに腰かけたが、川瀬が浅香の娘を抱いて高い椅子に乗せてやった。そういう坐《すわ》り方しか自然な坐り方はなかったので、子供を央《なか》にして坐って、子供の頭ごしに話すほかはない。無口な子で、抱きあげたときの重みと温か味は、川瀬の手に不安定な甘い痺《しび》れを残した。

どこを見廻しても東洋人は一人もいなかった。カウンターの内側の配膳《はいぜん》棚に貼《は》りめぐらしたステインレス・スティールのおもては、湯気に曇ったりあわただしく褪《さ》めたりしながら、その前をゆききする女給仕の白いエプロンを映した。女給仕はみな厚化粧の中年女で、馴染《なじみ》の客とだけ、短かい会話を交わしながらも、いつも笑いを惜しんでいた。

川瀬のとなりの金髪女がこう言っていた。

「クラーク・ゲーブルの未亡人が今サンフランシスコに来てるのよ。私きのうパーティーで会ったわ」

「そうですか。もう相当なお年なんでしょう」

こんな会話を小耳にはさみながら、浅香はミンク・コートの腕を外し、ふくふくと腰のまわりにまとって、もう構わなくなった髪の衿元《えりもと》だけに、素人《しろうと》に戻った日本の女の自堕落な安心のさまを窺《うかが》わせていた。アップにしたそのあたりの素肌の、意外な黒さに川瀬はおどろいた。

「愛嬌《あいきょう》はないけどよく働らくわね」

と浅香は女給仕のほうを目でさし示して、大声で言った。川瀬は浅香のよく動く目が、何かにつけて新らしい仕事の情熱に結びついているのを快く眺めた。この女は昔から、遠い火事を眺めるようにして眺めると美しいと川瀬は思った。

浅香は今度の渡米前の準備について、日本語で喋《しゃべ》るたのしさのありたけを尽して喋りつづけた。

まず旦那から英会話を習ったこと、長唄《ながうた》のレコードや流行歌のレコードは一切やめて暇さえあればリンガフォーンのレコードをかけてきいていたこと、洋服といえば今まで夏の暑さ凌《しの》ぎに着ただけなのを、日常着一切を洋装に切りかえて、一流の仕立屋へ日参したこと、その生地《きじ》やデザインにはことごとく旦那が目をとおしてこまかく指導してくれたこと……きけば、浅香の旦那という人は、教育的情熱と好色との見分けがつかない人らしかった。そうして彼が自分好みの女を作るために、浅香以上の好適な素材があったとは思われない。ナイト・クラブで着物姿でマンボを踊ることはあっても、今まで誰もこの男ほど熱心に彼女に「西洋」を教えた男はいなかったのだし、又浅香ほどよくそれに応《こた》える女はいなかった筈だからである。

——こんな長い話の末に、やっと注文の品が運ばれて来た。三合は優に入りそうな大きなコップに泡立ったヴァニラ・ミルク・シェイクを、目を丸くしている子供の前に、女給仕は一瞬にして消える固い愛想笑いを見せて乱暴に置いた。

「浜子《はまこ》って申します。どうぞよろしく」

と浅香は川瀬に、自分の娘のずいぶん遅ればせな紹介をした。そして娘の頭を押えて挨拶させようとするが、子供ははにかんでお辞儀をしようとせず、椅子の上に立っていっしんにストローに喰いついていた。そうしなければ背が届かないのである。

川瀬はその子がお辞儀の上手な子でないことを喜んだ。母親似で、鼻筋がとおって、振りかかる髪をひろげた指で払いながら飲んでいる横顔は、整って美しい。ひどく大人しくて、会話はすっかり大人にまかせ、自分から口をはさむことがない。

「みんなどうして私からこんな無口な子が生れたかってからかうのよ」

と浅香は言うと、急に又子供を置きざりにして大人の話題へ飛び移った。

アメリカ特有の匂《にお》い、衛生的な薬品の匂いと甘いしつこい体臭とを五分五分にまぜあわせたような匂いが店内に充《み》ちていた。ほとんど中年以上の女客が、濃い口紅を塗り、威丈高な目つきをして、大きな菓子やオープン・サンドウィッチと取り組んでいた。これだけ騒々しい店なのに、着飾った一人一人の孤独な女たちの食慾《しょくよく》にはひどくしめやかなものがあった。しめやかな、淋《さび》しい、沢山の消化器の儀式のようだ。

「ケーブル・カア、乗りたいわ」

と大きなコップの半ばまで飲み終えた浜子が言った。それには答えずに、

「毎日これなのよ。いやになっちゃう。タクシー代に困ってるわけじゃあるまいし」

「ここのケーブル電車には、観光客の金持女がいっぱい乗ってるよ。君が乗ったって、別段格が下るわけじゃないよ」

「あら、それ皮肉？　昔から棘《とげ》のあることばっかし言うのね、あなた」

これがきょう浅香がはじめて使う「昔」という言葉である。

「さあ、おじさんが乗せてやろう」

川瀬は皿の下へ器用にクォータア貨幣のチップを辷《すべ》り込ませ、伝票を持って立上った。彼は軽く頭を振った。頭痛というほどではないが、帰国が近づくにつれて旅の疲れが頭に澱《よど》んで来ているようで、ケーブル・カアに乗ったらそれが治りそうに思われる。

浅香は椅子から下りる浜子を手助けしてやるために、まずそそくさとミンク・コートへ腕をとおそうとするのを、川瀬が助けてやった。

「殿方がして下さるんだったわね。すぐ忘れちまうんだから、貧乏性で」

「もっと威張って、威張って」

「どうも私は軽々しくていけないんだわ」

浅香は丸い回転椅子の上でぐっと背筋を立てた。スーツの胸は厚味があって、カウンターのまわりの客の老いた嫉《ねた》みを買いそうなほどに、若い威勢が漲《みなぎ》った。川瀬はむかし、こうやって胸をそらす女のうしろへ廻って、よく帯を締めるのを手つだってやったのを思い出した。あの固いいさぎよい帯の締め具合と比べると、絹の裏打ちをしたミンクのコートは、手から辷って逃げてゆきそうに頼りなく、川瀬はいかにも突飛な比喩《ひゆ》だが、黒い鋲《びょう》を打った堂々たる御守殿門《ごしゅでんもん》が、なめらかな廻転ドアに変身してしまったような気がした。

三

雨後のそこかしこの水たまりを巧みによけて歩く人のように、二人は昔の話をしないことが少しも不自然にならぬように気をつけていた。しかし純粋に現在只今《ただいま》の話となれば、サンフランシスコの話しかないわけで、ここでは二人とも生活というものを持たない旅人同士にすぎなかった。

見れば見るほど、洋服を着こなした浅香のうしろには、熱意ある教育者の旦那の影がちらついていた。踊りにかなり打込んでいた昔の浅香は、口に手の甲をあてて笑ったり、愕《おどろ》いたり、いやな話をきいたりするときの仕草が、自然に細い指先が揃《そろ》ったり綾《あや》をつくったりして、かどかどがそのまま踊りの型のようになっていたのが、今ではすっかりとれて、そうかといって西洋式の優雅にまでは行届かず、すべてが見事に直線的になっていた。そういう仕草の細かい習癖を、どんなに旦那がその都度精妙な注意を働らかせて、倦《あ》かず直してやったかが想像された。浅香は全身隈《くま》なく彼の指紋を残して、アメリカへ送り出されてきたようなものである。白っぽい化粧だけが昔の名残だとしても、それは旦那のいない外国での唯一《ゆいいつ》のささやかな反抗かもしれず、事実むかしのお化粧の白さはこんなものではなかった。

今、街角で子供の手を引いてケーブル・カアを待っている洋装の女の、どこにあのころの一束の懐紙が隠されているのだろうと、川瀬は浅香のミンク・コートを今さららしくじろじろ眺めた。一束の懐紙は必ず彼女の帯のお太鼓の中に蔵《かく》されていたものであった。これはあいびきの度毎《ごと》に、いろんな象徴的な働らきをした。ダンスを踊るとき、帯のお太鼓の中へ手をさし入れて踊る癖のある川瀬の指は、きっとその厚みのある温かい懐紙に触れて、わざとその紙を踊りながらがさごそ云わせて、踊っている浅香の口もとに、肉体的な親しみのしるしの、あたりを憚《はばか》るような微笑を浮ばせた。あるいは又、ものうげに横坐りになって帯を解くとき、浅香がまずこの懐紙を畳の上へ投げるなよやかな手つき。その手つきに感じられる和紙の重たさには、たしか梅雨どきの夜ふけの湿りがあった筈だ。そういう晩には、ダンスをしながら川瀬が手をさし入れるお太鼓の内も、塗籠《ぬりごめ》の内のように蒸れ、あとでそれが解かれるときに、いさぎよい涼しい絹のきしみを立てようとも思われなかった。……それから又、宿の磨《すり》硝子《ガラス》の窓から入る朝の最初の光りに、畳の上の懐紙がまず明るんで、その白い四角から夜が明けかけるのを眺めたこと。……帯を解くときは決して懐紙を忘れない浅香が、きぬぎぬに帯を締めるときはともすると忘れたこと。……あるいは又、口論をはじめたときに、畳の上の懐紙がはっきりと白く冴《さ》えていたこと。……こういうくさぐさを思い出すにつけ、川瀬はミンク・コートを着た浅香のどこにも、もうあの嵩《かさ》ばる懐紙を入れる余地のないことを見てとった。あの四角の小さな白い窓は、きれいさっぱり塗り潰《つぶ》されてしまったわけである。

——目の前に止ったケーブル電車に三人が乗り込むと、郷愁的なチンチンという鈴を鳴らし、むかしの東京の市電そっくりの古箪笥《ふるだんす》のような音を立てて動きだした電車は、いっしんにパウエル・ストリートの急坂を昇った。

うしろ半分はちゃんと窓のある電車であるが、前半分は屋根だけで、二本の長大な鉄のハンドルを大形《おおぎょう》に操る運転手の両側に、半ば露天のベンチと柱と立席のある古風な電車は、浜子をひどく喜ばせ、三人並んでそのベンチに掛けて、目の前に迫《せ》り下ってゆく建物の窓々を眺めていると、浜子はしきりに喚声をあげながら、

「ねえ、面白いわねえ。面白いわねえ」

と何度も母親に念を押した。

「はあ、面白うござんすわねえ」

と浅香は半分川瀬へ掛けるようにして言うのだが、こんな言い方には、自分も面白がっている照れ隠しみたいなものがあって、こうしたやりとりの内に、並の家庭の母子には見られない念入りな友情の準備が感じられた。

急坂を昇り切ったところでケーブル・カアを下りると、そこに別に用があるわけではないから、又下りの電車に乗って同じ坂を降りた。急坂の下りはさらに興趣があった。五六人の観光客らしい中年女が、遊園地の乗物にでも乗るように、大げさな悲鳴をあげては笑い崩れ、土地者の冷静な顔つきを見まわして、そこに自分たちの嬌声の反応を探し出そうとしていた。みんな鼻下にうすい髭《ひげ》の生えたいかつい体格の女ばかりで、赤や緑の派手な原色のコートを着ていた。

もとの広場にかえると、浅香は丁寧に礼を言い、今はランチの約束があるからここで別れるが、今晩でも一緒に食事をしたいと言った。川瀬のホテルは広場のすぐ近くだったので、浜子の手を引いてそこまで送って来た。

とある店の飾窓が、美しいピクニック用品を並べ立てているところで、二人は何とはなしに歩を止めた。

ピクニックへ持ってゆくもの一式が、同じスコッチ縞《じま》で統一されているのは、ずいぶん目がちかちかするが、それが並べられた人工の草地の緑との対照が美しい。飾り方が巧《うま》く出来ていて、あたかもピクニックの人たちが川へ手を洗いに行っている留守の、散らかしたままの配置の具合は、そこへ川のほうからみんなの明るい笑い声がひびいて来そうにも思われる。

「これだけ揃ってセットになってるの、やっぱり日本にはないわね」

と浅香は硝子へ鼻を触れそうにして詳《つぶ》さに眺めていたが、川瀬は浅香が子供のころ、ついぞピクニックなどは知らずに育ったのだろうと想像した。浅香がときどき子供らしいものに異常な執着を示すのもそのためで、むかし彼女が雛人形《ひなにんぎょう》をいっぱいに飾ったショウ・ウィンドウの雛壇の前を、どうしても動かなかったことがある。旦那は彼女に一方的に西洋を教え込むのに夢中で、こんな側面には気がつかなかったか、気がついても自分勝手に無視してしまったにちがいない。そう思うと、川瀬は今更ながら、自分の心のこまやかさに自信を抱いた。

飾窓に眺め入っているあいだの浅香は、川瀬の存在も忘れているようだったが、ふいに、スコッチ縞に包まれた魔法瓶を指さして、

「浜ちゃん、もうあんたお姉さんだから、あんなもの怖くないわね」

と言った。

「うん、もう怖くない」

「もう怖くないって、あんた、怖がったときのことおぼえてるの」

「おぼえてないわ」

「好《い》い気なもんだわね。ちゃんと一人前の返事をするんだから」

浅香ははじめて川瀬の同意を求めるように微笑の目をあげた。川瀬はこのとき、舗道の上の明るい日ざしを眺めていたので、ふいに自分へ向けられた浅香の微笑を含んだ顔は、その舗道の白い強烈な残像とまじわって、突然空中に浮んだふしぎなまばゆい仮面のように見えた。きくともなしにきいていた母子ののどかな会話は、川瀬の中で急に重苦しいしこりを作った。こんな他人にはわからない筈の会話は、わからぬふりをしとおすべきだという分別があとから生れた。川瀬は強いてつまらなそうに問い返した。

「何のことだい、一体」

「いいえね、この子が一つ半ぐらいのとき、魔法瓶をむしょうに怖がったのよ。熱いお茶なんか入れておくと、コルクの栓がへんなぶつぶついう音を立てるでしょう。あれが怖くて仕方がないの。言うことをきかないときは、いつも魔法瓶を持って来たもんだわ。さすがにこのごろはそんなことはないけれど……」

「子供って、つまらんものを怖がるもんだ」

浅香は無邪気なしつこさで、あたかも我が子の独自の才能を自慢するような調子で言った。

「でも、魔法瓶を怖がる子なんてきいたこともないわ。うちのおばあちゃんも大笑いしてたわ。この子が大きくなって、魔法瓶会社の社長さんからでも求婚されたら、その場でてんかんを起すだろうって」

四

——その晩の食事の約束に浅香は一人でやってきた。夕刻からホテルで黒人の子守をたのんで、これに浜子が意外になついたので、安心して置いてきたと浅香は言った。

二人はオールド・プードル・ドッグという古い仏蘭西《フランス》料理の店で、生牡蠣《なまがき》や蟹《かに》のソテーの夕食を喰べ、食後には焔《ほのお》をたくさん立ち昇らせて、チェリー・ジュビリイを美《お》味《い》しく喰べた。

このとき川瀬はすでに、朝の魔法瓶の衝撃から治っていた。そしてそれが自分のつまらない幻想だと思い做《な》され、徒《いたず》らに鋭敏な想像力を悔んでいた。

しかし一方、細君の手紙の哀切な調子が心に戻ってきて、全く理由もないことだが、浅香母子よりも自分の妻と子供のほうが、ずっと不幸な淋しい母子のように感じられた。これは実に根拠のないばかばかしい考えで、追い払おうと努めるのだが、どうしても追い払うことができない。

彼は葡萄酒《ぶどうしゅ》の酔いを借りて、つとめて話を昔のほうへ引張ってゆき、今の自分から逃げたいばかりに、わざわざ禁物の話題へ一歩一歩近づいた。

「梅雨のころだったなあ。一度宿で君が胃痙攣《いけいれん》を起して、医者を呼んだり大さわぎをして、冷汗をかいたことがあったっけが」

「あのときは本当にどうしようかと思った。でもあのお医者様の心得切ったような態度、あれ、却《かえ》って、気持が悪かったじゃない。いけすかないお医者様」

「治療代も高かったぜ」

「あのとき、私、どんな着物着てたか、よく憶《おぼ》えてるわ。単衣《ひとえ》は当り前だけれど、羽二重を段染めにして、段ちがいに仕立てた、大好きな着物だったの。セピアが三寸の横ぼかし、それからやっぱり三寸のグレイの横の刷毛《はけ》引《び》き、それに上に白の段で、……おぼえてる？」

「おぼえてる」

と川瀬は言ったけれど、記憶は模糊《もこ》としていた。

「帯がまた朱色地に、白上《しろあが》りの真竹《まだけ》が二本、染抜きになっていて、……いい帯だったわ。でもあれ以来二度と着ないの。また胃痙攣を起しちゃたまらないもの」

黒のカクテル・スーツの胸もとに宝石細工のブローチをつけた女が、口紅の曇りのついたロゼのグラスを頻繁に口へ運びながら、こんな話をしているのは異様な景色だった。

もう一歩で、川瀬は実に気軽に、次のように言ってのけるところだった。

《それはそうと、今朝の魔法瓶の話は参ったなあ。五年ぶりで仇《かたき》をとられたような気がするぜ。実は家《うち》の子も……》

川瀬は我に返って、あやうく口をつぐんだ。

――五年前に、二人はひどく面白くない口論をして別れたが、それは浅香の朋輩《ほうばい》の菊千代が川瀬に告げ口をしたことから起ったのである。菊千代は、浅香が数ヶ月前から或《あ》る貿易商とねんごろになっていて、今度落籍《ひか》されることになっており、すでに二人は数回箱根へ行っているが、川瀬はそれを知っているのかと確かめて来た。川瀬は寝耳に水の情報に激昂《げっこう》して、浅香を昼間から、いつもあいびきの待合せ場所に使う銀座の靴屋の二階のスナック・バアへ呼びつけた。

川瀬のこんな激昂には、ずいぶん身勝手なところがあった。第一それまで川瀬は、こんな激昂に釣り合うほど、浅香に惚《ほ》れていたかどうか疑問である。どの女ともそうだったが、結婚はできないという伏線を周到に引いておき、折にふれてはシニカルな言辞を弄《ろう》して、世間普通の結婚生活にあこがれる心理のばからしさを笑っていた。そしてその笑いに声を合わすことを、女にも要求した。

こんなふうに躾《しつ》けられれば、女も自己防衛の目的から、情熱を避けるようになるのは自然な成行で、二人は自分たちの間柄がひどく瀟洒《しょうしゃ》なものに感じられるのを好み、又そう努めた。半ば功利的、半ば趣味的な動機から、川瀬は浅香との情事が、せい一杯「洒落《しゃれ》た関係」であることを望んでいたし、そのうちにそれが相互の虚栄心の核になり、しらぬ間《ま》に薄い陽気な絶望がにじんで来た。いつも投げ合う冗談や地口も次第に空疎《くうそ》なものになり、いつかは、自分たちがどんなことにも無傷で、天下無敵でいられるような錯覚に陥った。

そういう果てに、川瀬は菊千代の告口をきいたのである。事実の有無にかかわらず、この種の帰結は当然あるべきことで、菊千代は偶然その場に居合わせて、偶然その役割を遂行しただけのことであったろう。

川瀬は自分の激昂が滑稽《こっけい》に見えることをよく承知していたが、その激昂が自分をどこへ連れて行くか、ためせるだけためしてみようという、新鮮な衝動の虜《とりこ》になった。彼はそれを、しばらくの間は、はじめて獲《え》た本物の情熱のように感じて、みずから娯《たの》しんでいたことも事実である。

しかし浅香の反応の逐一は、川瀬にとって不本意きわまるものであった。彼の身勝手な予測によれば、今までの冗談に彼女が冗談で応じたように、彼がはじめて情熱の切札を出したときは、彼女も同じ切札を出すべきであった。自分だけ滑稽に見えることが死ぬほどいやな男だから、相手もたちまちこちらの滑稽に殉じて、激昂で応じてくれることを望んだのである。

浅香は昼さがりのガランとしたスナック・バアの、窓ぎわの椅子に、いやに姿勢を正して腰かけたまま、頑《かたく》なに黙ってしまった。これが川瀬の目には大そう鈍感に見え、はじめて惚れたという告白をしているに等しい彼の激昂を、ちっとも見抜いていないその様子に鼻白んだ。

彼のしつこい難詰《なんきつ》を享《う》けて、浅香の目に紛う方ない歓喜がひらめくのを、川瀬は期待していた。その一点だけに川瀬は彼の厄介な自尊心を賭《か》けていたので、それが見られさえすれば、彼は即刻何もかも恕《ゆる》してしまっただろうと思われる。

小一時間もそうやっているうちに、川瀬は喋る種子《たね》が尽きて、二人は相手から目を外《そ》らして黙っているだけになった。それは秋の曇った午後で、窓の下の人通りは繁《しげ》く、筋向いのキャバレエの埃《ほこり》をいっぱいかぶったネオンの硝子管のうねりが詳さに見えた。浅香は頑なに窓へ目を向けていた。そのうちにとうとう、すこしも表情を動かさずに、その目から涙がしたたり落ちた。そして口もほとんど動かさずに、こう言った。

「私、あなたの赤ちゃんが出来ちゃったらしいの」

それまで別れる気のなかった川瀬は、この一言ではっきり別れる気になった。何という安物の技巧！　この一言で、彼らの間柄の洒落た瀟洒な思い出は飛び去って、泥くさい押しと掛引きだけの世界に顚落《てんらく》したような気がした。こんな場合に男が言う筈の、誰の子かわかるもんか、という台詞《せりふ》も、川瀬は言う気も起らなかったが、のちのちのことを考えてはっきり言っておいた。相手が泥試合をはじめる気なら、それにふさわしい応待があるべきである。川瀬は今はじめて、浅香のいつも踊りの型をなぞっているような手の動かし方だの、その玄人《くろうと》風の白っぽい厚化粧だのがいやになった。粋や洒脱《しゃだつ》の固まりのように見えたそれらのものが、今は野暮と鈍感の象徴のように見えた。そして浅香のこんな心ない一言が、川瀬の気持の決着をはっきりつけてくれたことを喜んだ。……

——川瀬が、

《実は家の子も……》

と言い出そうとしてやめたその話の内容までは察せずとも、浅香は、川瀬が言わでものことまで言いそうな危険は察したように思われる。半ば酔った片目を軽くつぶって、こんな西洋風な仕草で、浅香はそれを禁《と》めた。

これが実に間《ま》がよかった。そこで川瀬は、自分が自制して言い止《や》めたのではなく、浅香の心配りで止めたと思うことに、妙に甘ったれた感情の融和を覚えた。

「チェリー・ジュビリイはお気に召しましたか」

と給仕がききに来た。川瀬はこの給仕に、さっきは一割五分にしようと思っていたのに、今は二割のチップを置く気になった。

五

日本へかえる正味十二時間にわたるジェット飛行のあいだに、川瀬は退屈して何度もラウンジへ出て、ぼんやり煙草を吹かしながら、夕食のあとで浅香が泊って行ったホテルの明くる朝を思い出した。

大体一流ホテルへ女を連れ込んではならぬという規則は、何百という部屋数があってしかも人手の足りない外国のホテルでは、有名[illegible]の規則だと云ってよい。昇降機を下りれば、深閑とした廊下には人影もなく、部屋の出入りに人目を憚るいわれもないのだ。厚い絨毯《じゅうたん》を敷き、古風なブラケットをつらねた深夜の廊下は、跫音《あしおと》さえ立てないのである。酔った二人は、昇降機からかなり遠い部屋へ着くまで、一ダースのキッスができるかどうかに五弗《ドル》を賭けて、川瀬が勝った。

明くる朝、二人は短かい眠りからさめて、窓の帷《とばり》をあげ、ビル街の隙《ひま》に遠く朝日にきらめくサンフランシスコ湾を眺めた。

きのうの朝、部屋で一人で朝食をして、たまたま窓辺へ撒《ま》いたパンの粉へ飛び寄ってきた二三羽の鳩《はと》が、きょうも窓をあける川瀬の手もとへ飛んできた。しかし今朝の二人は、ルーム・サーヴィスの朝食を摂《と》るわけには行かなかったので、従ってパン屑《くず》もなかった。鳩は失望して、窓框《まどかまち》より一段下の壁の凹《くぼ》みから、しばらく首を四方へくねらせていて、飛び去った。青に灰色に緑のまじった、ひどくなまめかしい首だった。

眼下にはすでにケーブル・カアがけたたましい鈴音を立てていた。

浅香は黒いスリップから、豊かな肩をあらわにしていた。それは夙《と》うに見馴れた肉である筈なのに、外国で見ると、強い素朴な野の香りが感じられ、着物と白粉に包まれていたときの人工的な味わいとまるで反対な力を持っていた。その先祖代々の浴びた日光が徐々に沈潜したような肌色にひそむ野趣を、同じ肌色の川瀬がたのしんでいるということには、外国にいなくては成立たない奇妙な倒錯があった。

実にのびやかな朝だったので、川瀬の心からは、きのうの午前以来のさまざまな制止や繋縛《けいばく》が見事にとれてしまった。

彼は窓から入る朝の冷気にパジャマの胸もとを掻《か》き合わせながら、朗らかにこう言った。

「おい、こいつで子供が出来ちゃったら、今度はどうするつもりだい」

浅香は外国の娼婦《しょうふ》のように、鏡台に腰かけて、朝日がその一部に強烈に反射している鏡に、自分の肩のなだらかなスロープが、まるで背光を帯びたようにかがやくさまを映して見ていたが、即座に答えて、

「よしてよ。私の生む子は園田の子に決ってるの」

とさわやかに旦那の名を言った。

……………………。

——日本が近づくにつれて、しかしこんな記憶も、細君と子供の途方に暮れたような淋しい映像が濃くなるに従って薄れた。

どうして妻子の画像を、そんな悲しいセンチメンタルな色彩で描こうとしたがるの

か、川瀬にはわからなかった。是非とも自分には、かれらが悲しい母子でなければならぬ何らかの理由があるのだろうか？　留守宅からの手紙は週一ぺん旅先へきちんと届き、手紙によれば、すべて《すべ》は平穏無事であった。

ジェット機は低く海の上を辷り、東京の灯《あか》りを見せるために機内の灯を消し、何やら情緒的な音楽を流した。横浜の海域からまっすぐに羽田へ向うらしい。ゆくてには徐々に灯の固まりが迫《せ》り上り、都会というものの、人が沢山集まれば集まるほどさびしいパセティックな雰囲気を、その灯の集団がよく示しているように思われた。

久々に故国へかえる旅人の心の、賑《にぎ》やかな不安でいっぱいになって、川瀬はその無秩序にこみ入った灯のなかから、空港の青い滑走路の灯の一連《ひとつら》が、次第にくっきりと選《え》り出されてくる、その時間と空間の正確なしかしもどかしい移動に身を委《まか》せて、着陸直前のエンジンの深い呼吸をきいた。

税関の混雑、自分の鞄がなかなか到着しない苛立《いらだ》ち、……そういう旅の疲労の果てに待ち構えている最後のお務めを済まして、いよいよ階段をのぼって、出迎えの人たちが群がっている緋《ひ》いろの絨毯の歩廊へ出ると、子供を抱えている細君はすぐ目に入った。

妻は若草いろのスウェータアを着ているが、しばらく見ないあいだに少し肥《ふと》って、顔の輪郭がいくらかぼやけて見える。それで一そう愛嬌が添うてみえる。子供は人ごみに疲れているのか、無表情に母の首に抱きついていて、

「さあ、パパよ」

と言われて、はじめて仕方なさそうに、鼻筋に皺《しわ》を寄せて少し笑った。

それはどう見ても不幸な淋しい母子には見えず、川瀬がいないあいだも、生活が充ち足りて流れた跡を示していた。妻が大へん陽気で幸福そうなので、彼は失望を感じた。

会社の部下が四五人、空港から一緒に家へやって来たので、それから酒盛になって、夫婦がゆっくり口をきき合う暇はなかった。

子供は彼のあぐらの膝《ひざ》ですっかり眠たくなって、ぐったりしていた。

「もう寝かしてやったらどうですか」

と一人の部下が言った。

このとき川瀬は、畳の部屋、襖《ふすま》、床の間、丸窓、卓上のおびただしい皿小鉢や徳利《とっくり》などの、日本の意匠に完全に身をひたして、どんな瞬間にも横車を押すことで自分の威勢をためさずにはいられない、あの典型的な日本の「男盛り」の人物に変身していた。

「いやあ、こいつは魔法瓶でおどかせば、目がぱっちりするんだよ」

「魔法瓶とは、又どういうことです」

「いや、今見せてやるよ。君子、持っておいで」

と彼は細君の名を呼んだ。

細君はこれに捗々《はかばか》しい返事をしなかった。時間は十一時をすぎていた。——しかし川瀬には、こんな細君の逡巡《しゅんじゅん》がひどく気に入らなかった。多分若い部下の忠告どおりに、子供をもう床《とこ》へやりたいと思ったにちがいない。彼はただ、魔法瓶を見て怖がる子供の顔を見るのだけがたのしみで、日本へかえって来たんだ、という風に気持が誇張された。たのしみとも恐怖とも名付けようのないそのときの気持が、ジェット機の飛行の疲れに体内に澱《よど》んでいるわけのわからない不安の、唯一の解決であるような気がした。

五分ほどたって、又彼は妻を呼んだ。酔いが体内に快く廻らずに、後頭部に冷たく凝固してゆくように感じられる。

「おい。魔法瓶はどうした？」

「ええ……」

「いいじゃないですか、課長、魔法瓶なんか。可哀想《かわいそう》に、坊ちゃん、眠くてふらふらですよ」

さっきの若い部下が、酔った勢いで押しつけがましく更にそう言った。川瀬はその小宮という男の目をちらと見た。彼の課でも一等優秀で、頭の切れる青年である。眉《まゆ》が濃くて、鼻梁《びりょう》の上で、左右の眉がおぼろげにつながっているような特徴のある顔立ちをしている。その目を見たときに、何故《なぜ》だか、川瀬は冷えた後頭部に刺すような直感で、

《こいつは知ってるな。家の子が魔法瓶を怖がるということを》

と感じた。何故知っているんだ、と訊こうとする代りに、彼の手は自然に動いて、子供を乱暴に小宮へ手渡した。小宮はラグビーのボールでも受けとるように、子供の体を機敏に受けとめると、単純に呆《あき》れた表情の無邪気な目で川瀬を見上げた。

「そんなら君が寝かせてやれよ」

と川瀬が言ったのである。

他の部下が空気を察して、わざと陽気にさわぎ出したどさくさまぎれに、いつのまにか細君が辷り出て小宮の手から子供を受けとり、寝室へ連れて行った。子供はさわぎの中でほとんどもう眠りに落ちていた。川瀬はこの見事な受け渡し、目立たぬ自然な細君のとりなしが気に入らなかった。

——客がみんな帰ったのは夜中の一時である。

川瀬は細君を手つだって、皿小鉢を台所へ片附けた。ひどく疲れているのに、目はますます冴《さ》えて、酔いは少しも兆《きざ》して来なかった。川瀬のこだわりが細君にもひびいていると見えて、こんな細かい協同作業に携わりながら、二人はごく必要な口しかきき合わなかった。

「お疲れでしょう。ありがとう。もういいのよ」

と流しの水音を立てながら、細君は川瀬のほうを振向かずに言った。

川瀬は答えなかった。流しのそばに積み上げられた残肴《ざんこう》の載ったままの沢山の皿小鉢が、蛍光灯を浴びて妙に白々しく照りかがやいているのを眺めた。しばらくして川瀬はこう言った。

「魔法瓶はどうしたんだ。子供が眠いのはわかっているが、折角帰った晩なんだから、素直に持って来たらいいじゃないか」

細君はあいかわらず水音を立てながら、跳ね上ったような、へんに陽気な高い声で一気に言った。

「割れちゃったのよ、あれ」

このとき川瀬は、思いがけないことをきくという感じをふしぎに持たなかった。

「誰が割ったんだ、滋坊《しげぼう》か」

細君は黙って首を振った。今日の出迎えのためによくセットされた髪が、波立った盛り上りの固い形を、軟らかく崩して揺れた。

「じゃ、誰が割ったんだ」

すると今まで皿を洗っていた細君の腕がはたと動きをやめて、ステインレスの流しのふちにその腕がかかって、そこを強く押しているような気配が背後から窺われた。若草いろのスウェータアの背が小刻みに揺れだした。

「何を泣くんだ。へんだな。誰が割ったときいているだけじゃないか」

「……私です」

と彼女は途切れ途切れに言った。川瀬はその肩へ手をかけてやる勇気が持てなかった。彼は魔法瓶を怖《おそ》れていた。

切符

昭和38（1963）年、「中央公論」8月号に本作発表。1月、テレビアニメ「鉄腕アトム」放送開始。3月に吉展《よしのぶ》ちゃん事件、5月には狭山《さやま》事件が発生した。黒部ダム完成（6月）。ベトナム戦争が泥沼化する中で、11月、ケネディ大統領が暗殺される。

壱

このあたりの商店連合会では、月に一ぺん、商店主たちが集まって例会をひらく。商工中金の支店長を呼んで、金融の話をきくこともある。みんなで箱根へバス旅行をしたあとは、それを撮った八ミリのカラーの映写会をひらくこともある。会場は大てい、会員の一人の巴鮨《ともえずし》の二階である。

今日の例会は秋祭の相談である。警察では神輿《みこし》を出すのに反対で、交通上も、この一劃《いっかく》が年々車のゆききが激しくなって、収拾のつかない事態が予想されるし、肝腎《かんじん》の町内の若い者が神輿を担《かつ》ぎたがらず、愚連隊が代りに入りこんでトラブルのもとになるというのである。しかし神社は今年が本祭なので、ぜひ神輿を出したがっている。

何が何でも神輿を出せと主張しているのは、瓢屋《ひさごや》酒店の主人で、この会では瓢屋さんと呼ばれている。強硬に反対しているのは本田カメラ店の主人で、この会では本田カメさんと呼ばれている。ここでは屋号で、あるいは商品名を略して、お互いに呼び合う習慣である。

「でも、本田カメさん、お宅の品物が壊れやすいからって、神輿に反対するのは、商店街全体の繁栄をはかるという、この会の趣旨に反するんじゃないかな。やっぱりそこは、自分の立場というものを、一旦《いったん》離れてかからないと」

と松山仙一郎が言ったときには、すでに酒が出ていて、仙一郎もかなり酔っていた。それからえらい論争になった。万事に仲裁役を買って出るお茶屋の徳島老人がこれを治めてから、あとは税金の愚痴になったり、税務署の役人がいきなりやって来て若衆の革ジャンパーまで調べ、何の必要があってこんなものを買ったかと詰問《きつもん》したりしたとか、税金を払うくらいなら妾《めかけ》を置いたほうがましだとか、いつもの通りの駄話になった。そのときは席は大分乱れていた。神輿の件は来月まわしということになった。

松山仙一郎は洋服屋の主人で、松テイさんと呼ばれている。職人も三人置き、この界隈《かいわい》で、学生が就職するときには、大てい松山テイラーで洋服を新調するならわしだった。

このごろ仙一郎は泥酔《でいすい》することが多くなった。若い客をみんな都心のデパートへ吸い取られ、昔の職人気質で今さら股引《ももひき》ズボンなんかを仕立てる気にはならず、いわば町内のお情けで、連合会の中年以上の会員の服の仕立を主な仕事にしているためでもある。

それればかりでなく、弱り目に祟り目《たため》で、いろいろと気の腐ることが多い。小兵《こひょう》のくせに、酔うと大声になり、陽気な性質《たち》と見られているわりに、自分でそう取り繕ろっているふしがある。何かつまらぬことから一途《いちず》に思いつめる傾きがあると同時に、見《み》栄坊《えぼう》で、世間の目を気にすることが甚だしい。

彼は酔って来て、又さっきの神輿の話をむしかえした。

「瓢屋さんが神輿に反対だというのは、どういう了見かきかせてもらいたい。壊れやすい商品を置いている本田カメさんでさえ、商店街全体の繁栄を思って、率先して賛成しているというのに、神社にも古い因縁のある瓢屋さんが、強硬に反対するというのはどうも解《げ》せない。そこに何か、人に言えない事情が伏在しているのかとも思うが、瓢屋さんが賛成すれば、問題は丸く治まるんだ」

「そりゃちがうよ、松テイさん」と誰かが塩辛声で言った。

「そりゃあんた、話をとりちがえてるよ。神輿に反対を唱えているのは本田カメさんで、瓢屋さんははじめから賛成しているんじゃないか」

「そんなことはない」と仙一郎は依怙地《いこじ》に言った。「さっきたしかに私のきいたところでは、瓢屋さんが反対して、本田カメさんが賛成したんだ」

「そりゃ逆だよ」とお茶屋の徳島老人も言った。「私が仲裁に入った話だから、よく憶《おぼ》えている。こういうことじゃ、これから例会も議事録をとっておかないと、つまらぬ水掛け論ばかりふえて困る」

「つまらぬ水掛け論とは何です」と仙一郎は蒼《あお》くなって言った。「さっきたしかに瓢屋さんが反対したのをきいたから……」

「まあ、いいから、いいから」

話はいつのまにかうやむやになったが、急に激昂《げっこう》したり急に仲直りしたりするほどに皆は酔っていた。魚屋の大西がシャンソンを歌った。薬屋の村越が、いつもの下手な手品を見せた。

巴鮨は古い建物であるから、酒の席が乱れてくると家がきしむ。家の前を砂利トラックがとおるたびにきしんでいるうちに、襖《ふすま》がうまく開《あ》かないようになった。なべてに古くさい造りで、二階の二間《ふたま》ぶちぬきの座敷は、堺《さかい》の欄間の透かし彫といい、雪見窓の桟についている尉《じょう》と姥《うば》の浮彫といい、ねじくれた床柱といい、暗い床の間に勝海舟の書がかけられて、その前に九谷焼《くたにやき》の布袋《ほてい》が飾ってある具合といい、およそ時代離れがしている。しかし会員の総意は、新入りのレストランの野口がしきりに勧誘している、そのピカピカした洋風の二階よりも、巴鮨の二階のほうがずっと落着くということになっている。

ただ、今日のように、中元大売出しもすんだあとの蒸暑い宵には、冷房のないのが残念と云《い》えば残念である。夏ではあっても、旦那衆《だんな》らしく、みんな身じまいはきちんとしていて、いそがしく扇を使っているが、酔うほどに汗がとめどもなく流れてくる。「ここらで皆さん」と巴鮨の主人の井手が言った。「何も追い立てるわけじゃないが、冷房もなくて申訳ないから、ひとつ自然の冷房をたのしみに、冷やしたビールでもぶら下げて、川へ涼みに行こうじゃありませんか」

実は井手が口を切ったときに、みんなの期待したのは別のことであった。彼が新たに入手した八ミリの色彩映画を、今夜こそ披露するだろうとたのしみにしていたからである。

井手はもう五遍もほのめかしをやり、この次の例会こそその試写会になるだろうと暗示するので、こんなに集まりがいいのだが、いつも肝腎のところで、彼はこのようにするりと逃げる。すると誰しも自分の下心を見られたくない気持で、腹を立てながら黙って諦《あき》めるのである。

「川へ涼みに、か。アベックをからかう年でもないし……」

と退屈そうな声が言った。こんなときには数人が誘い合って近所のバアへ行っても、団体行動にそむいたうしろめたさから、快く酔える筈《はず》がないので、川へ涼みに行きたくない人は、まっすぐ家へかえるほかはない。

主人の提案に賛成した人たちは、手に手に飲みさしのビール壜《びん》や枝豆の籠《かご》を持って立上った。あとから不本意に立上る人たちは、まっすぐ家へかえると決めた連中だった。そのとき二間《ふたま》ぶち抜きのむこうの部屋の隅に、一等おくれて立上った姿が、仙一郎の目についた。今まで来ているのに気づかなかったが、時計屋の谷である。

谷は三十すぎても独身で、いつも片眼鏡をかけて時計の裏ばかり覗《のぞ》き込んでいるせいか、こころもち猫背の長身だが、顔が青白くて、整っているために、町内の女たちに人気がある。鼻は高いのに、口もとは貧相である。無口で、何を考えているのかよくわからないところがある。痩《や》せた腕が、白い半袖《はんそで》シャツの袖口をばかに広く見せている。

『よくものめのめとこんなところへ来られたものだ』

というのが、仙一郎が彼の姿を見て最初に考えたことである。

人の女房を自殺させておいて、よくものめのめと。谷は本当は二度と仙一郎の前へ顔を出せた筈はない、と仙一郎は考えた。事件はみんなこの男が、人の女房にちょっかいを出したことから起ったのだ。女房の突然の、遺書も残さない自殺の原因は、この男に決っている。これという確かな証拠はなくても、そうに決っているのだ。だから今夜この男がここへ顔を出したということは、実に厚かましいやり方である。彼はどうしたってここにいるべき人間ではないのだ。

こう考えたときに、仙一郎の胸には、今まで忘れていた悲しみの感情がふつふつと湧《わ》いた。どうしてそんな感情を忘れていたのかわからなかった。この男のおかげで、あの素直で、やさしく、純で、若い富子が突然自殺をしたという痛恨は、この席の誰もが口に出さずにいてくれたことだけれども、再び仙一郎の心に滾《たぎ》った。

ただ、富子の死の原因がこの男にあるという、はっきりした証拠をつかめないのが歯痒《はがゆ》い。彼の直感はたしかにそれを認めているのに、谷はこの通り、誰にもうしろ指をさされずに暮している。

こんなに不本意に立上ったところを見ると、谷もまっすぐ家へかえる心算《つもり》だろうか。仙一郎は、今夜を機会に、どうしても谷をつかまえて、泥を吐かしてやりたい気がして来た。

彼は自分も川へゆき、そこへ谷を促そうと思っていた。しかしそう思うより早く、谷は灰色のズボンを畳んで坐《すわ》っていたのが、そのズボンが力なく浮き上るように立上って、癖で左の肩を少し落して、さわがしく階段を下りてゆく人たちに紛れて下りて行った。仙一郎は谷が、何だか二度立上ったような気がした。

弐

河原へゆくには、堤の上を走るドライヴ・ウェイを越えてゆかなければならぬ。商店街を抜けてそこへゆくまでは、川の上のひろい空は見えるけれど、川の姿は見えない。

商店街は織るような人出で、人の影が錯綜《さくそう》している中を、自動車やスクータアが遠慮なしに通る。川へゆくのは、本田と野口と大西と村越と井手と仙一郎だけははっきりしているが、旗幟《きし》不鮮明な人たちは、行くようなふりをしていて、途中で自分の店の前まで来ると、用事を思い出したように取り繕って、「おやすみ」を言って別れた。仙一郎は人ごみの中に見え隠れしてついて来る谷が、自分の時計屋の前をすでに通りすぎてしまったのを見て安心した。

商店街を出ると、道はすぐ暗くなる。大遊園地のほうへ行く岐《わか》れ道《みち》も高架線の私鉄のガードが大そう暗くて、暗い中に衰えない人波の下駄《げた》の音が路面にひびいている。

遠くの川の空には月がかかり、そのあたりの空は水気《すいき》に曇っている。

仙一郎はふたたび大遊園地のほうを見返った。暗いガードの奥に、イルミネーションに飾られた門がかがやいている。そして門の上辺いっぱいに、幽霊や化物を浮き出させた絵看板がしつらえられ、柳の枝を繁《しげ》く垂らしたあいだから、「納涼お化け大会」という、一字一字に鬼火のまつわるおどろな文字が、明滅する仕掛けになっている。

仙一郎はふとズボンのポケットに手を入れて、出がけに新聞販売店の親爺《おやじ》にもらったまま、そこへつっこんで来た丁度十枚の招待券が、皺《しわ》くちゃになっているのに指を触れた。

彼の心に面白い目論見《もくろみ》が浮んだ。このお化け大会へ谷を連れて行って、女の幽霊や首くくり屍体《したい》のつくりものを見せれば、そして彼に多少の良心があれば、きっと人並以上の恐怖や不安を示すにちがいない。そのときの顔の表情から、きっと何かがつかめると思ったのである。

『作り物ばかりじゃない。作り物の幽霊にまじって、本当の富子の幽霊が出て、谷に泥を吐かせるかもしれない』

とまで、仙一郎は咄嗟《とっさ》の間に考えた。

「川もいいけれど、お化け大会へ行こうよ。行きたい行きたいと思いながら、近所だと却《かえ》っていつでも行けると思うから、毎年招待券を無駄にしてしまう。本田カメさんはもう見たかい？」

と仙一郎は言った。

「いいや、まだ」

と本田は気がなさそうに言った。この男が気がなさそうに見えるのは毎度のことで、結局ついて来るに決っている。

手品の好きな薬屋の村越は、たちまち乗気になって、さっさと先に立って、行きかけながら、

「こりゃグッド・アイデアだ。どんな種《たね》だか、見きわめてやろうじゃないか。大仕掛なものほど種も割れやすいんだ」

と言った。

谷はあいまいな顔つきで立っており、大西と野口と井手は、ほかの人のビール壜や枝豆まで引受けて、どうしても河原で月見酒を呑《の》むのだと言い張った。

そうして別れ別れになろうとするとき、仙一郎は酔いの勢いで、谷の腕をしっかり

とつかんでいた。その腕は細く筋張っていながら、妙に滑らかで、仙一郎はその肌の感じにひどく不快を覚えた。女たらしの腕というのはこういうのだろう。

それに仙一郎よりもずっと上背のある相手だから、上膊《じょうはく》をつかんでいるには、手を伸ばしていなければならない。自分にそんな無恰好《ぶかっこう》を強いる相手の背丈も面白くない。谷はひどく痩せているので、しっかり腕を捉《とら》えていても、全身がゆらゆらと不安定に揺れていて、そのまま仙一郎の膂力《りょりょく》で引けば、こちらへ倒れかかって来そうである。

酔っていながら、顔に出ない。月下に、戸惑ったような目を動かして、その視線の向きが、自分の腕をとらえている仙一郎の顔だけを避けているのがわかるのである。

結局、大遊園地へ向ってガードをくぐったのは、本田と村越と仙一郎と谷の四人であった。人通りの波はたまたま絶えていて、四人の下駄やサンダルの音が大まかに反響した。

門のかたわらの切符売場へ駈《か》けてゆこうとする本田の浴衣《ゆかた》の袖を、仙一郎は引張って鷹揚《おうよう》にこう言った。

「いいんだよ。私が招待券を一杯もってる」

改札のところで、連れをみんな先へ押し入れながら、仙一郎は気前のいい奢《おご》りをする気持で、ポケットから、酔っぱらいの妙に決断的な手つきをして、十枚の切符を鷲《わし》づかみにしてモギリの娘に渡した。空いろの上っぱりを着た肥《ふと》ったモギリの娘は、先に入った人数をちらりと目で数えて、余った招待券を仙一郎の掌へ返してよこした。

「さあ、こちらこちら」

仙一郎は招待券の残りをポケットにねじ込みながら、自分の庭を案内するように、大声でそう言って先に立った。はだけた開襟《かいきん》シャツの裾《すそ》は、それでもまだ半ばズボンに残って、ちぢみの下着のシャツのまわりに無恰好にまつわっている。

夏のあいだ、遊園地のほうも夜まで動いていて、かさかさした針音のまじるレコードの流行歌を拡声器が夜風に散らし、赤や黄の豆電球をいっぱいつけた空中観覧車が、ゆっくりとワゴンを揺り上げている。しかしそれに乗っている人はまばらである。

お化け大会の会場は、これとは反対の方角で、グラウンドのむこうに、怪しい張り物をごてごてと飾った、その格納庫のような建物の入口が見えた。

参

村越、本田、仙一郎、谷の順で、一人ずつしか通れない通路へ入る。谷が入口でちょっとためらった様子を示したのが、仙一郎の目についた。入口の竹藪《たけやぶ》の葉末を除《よ》けて、顔を外《そ》らせて、長身の身を退くようにした仕草が、そんな風に見えたのかもしれない。そのときが仙一郎の、谷の反応を検《あらた》めるために振向《ひ》いた最初であったが、そのとき谷の背後に、グラウンドの索漠としたひろがりのかなた、豆電球をいっぱいつけた空中観覧車が、丁度色鮮やかな小さな風車《かざぐるま》のように、遠く明瞭《めいりょう》に浮んでみえた。

通路を抜けた四人は、「古寺の怪」という立札のある仄暗《ほのぐら》い円形の広間へ出た。先客も十人ほどいて、女の子は無理に怖がっているような、絞り出した笑い声を立てていた。しかしお互いの顔がよく見えないほどに暗い。

正面に大仏が坐っていて、その首や手足がゆるゆると動き、首がこちらへ向うと、目が爛々《らんらん》と光りを放つのは、廻転式灯台のようである。場内には拡声器で、たえず人の悲鳴や、笛の音《ね》や、芝居のドロドロなどの音が流されている。

「つまらん玩具《おもちゃ》だね、こう機械仕掛が歴然としていちゃあ」

という声は村越の声である。

大仏の前から、通路は廻廊をまわるようになっていて、その一劃に、まわりを様子らしく藪畳《やぶだたみ》で囲って、奥に一つ家《ひとつや》の婆《ばば》の姿が浮び上る仕掛がある。見る間にそれが、髪梳《かみす》きのお岩の姿に変る。またそれが首吊《くびつ》りの女の姿に変る。四人はこの三態の変化を三、四度つづけて見た。

村越は、

「たしかにありふれた鏡の仕掛だが、おのおのの鏡の角度はどうなっているんだろう」

としきりに研究していた。藪畳の中へ顔をつっこんで、裏側の仕組を調べようとした。と、背後の黒幕がめくれて、丁度普請《ふしん》中の家の夜のような、裸電球を下げ渡した古材の木組と、そこでシャツ一枚で何か喰べている若い衆の背中が見えた。村越はあわてて首を引込めた。

「この程度のことなら、スライドのオート・プロジェクターで見せたほうが、ずっと迫力があるんだのに、主催者の頭が古いんだねえ」

と、村越の光学知識を全く軽蔑《けいべつ》している本田は、かたがた自分の商品の広告をしながら大声で言った。そのとき奥の黒幕がちらと揺れたので、さっきの若い衆に因縁をつけられることを怖《おそ》れた彼は口をつぐんだ。

「でも本田カメさん、そこまで機械化しちゃ、芸術ってものの味がなくなるよ」

と村越がしつこく言ったが、闇《やみ》のなかで本田の答はなかった。

いたるところにゆるゆると動く化物の姿、障子に舞う骸骨《がいこつ》の影などを見すごして、仙一郎は本田の白い浴衣の背と、鼠《ねずみ》いろの絞りの兵児帯《へこおび》の結び目を目じるしにして、酔っていないつもりの危い足許《あしもと》を庇《かば》いながら、半間幅ほどの通路を辿《たど》った。すると又おぼろに視野がひらけ、鏡で作った古池の、敗荷《やれはす》に覆《おお》われている岸へ出た。本物の梅雨湿りの残っている不安定な太鼓橋を渡るようになっている。あたりには張り物の安い糊《のり》の匂《にお》いと泥絵具の匂いとのまじった、暗い不健康な匂いが立ちこめている。

橋の上は、青い光りに照らされて仄《ほの》かに明るい。四人はそこに立止って、池の面に映る自分たちの遠い顔を眺めた。

蘆《あし》のしげみの間から、白くふやけた蹠《あしうら》をこちらへ向けて、灰色の着物を着た土左衛門の人形が流れてきた。近づくにつれて、帯代裸《おびしろはだか》の女の土左衛門だとわかったのは、はだけた胸にまっ白な乳房をのぞかせていたからである。

その乳房は、作った職人が凝ったとみえて、青ざめた胡粉《ごふん》のふくらみの尖《さき》に、葡萄《ぶどう》紫《むらさき》の妊婦らしい乳首が精巧に盛り上り、着物の下の腹の大きさも、それとわかるようにできている。

村越も本田も、息を呑んで眺めていて、一言も発しない。仙一郎は、土左衛門の顔が丁度橋桁《はしげた》の下まで来る一寸《ちょっと》手前、光線と角度の加減で、富子の死顔とそっくりに見えたので、怖くなった。しかし真上から眺められるところまで来ると、硬《こわ》ばった人形の顔で、少しも似ていない。

仙一郎はこの瞬間に自分の酔がさめたのを感じた。

友はみな、橋の下を通って流れる土左衛門を追って、向う側の欄干に移っている。ようやくそちらへ向き直った仙一郎は、向う側の蘆のしげみの間にあいた穴の中へ、調帯《しらべおび》の動きの命ずるままに、コトンと乾いた音を立てて逆様に落ちてゆく土左衛門の、一瞬宙に上った白いふやけた蹠を見た。見てしまってから、いやなものを見たと思った。

橋を渡り切る。道がまた一人ずつしか通れない窄《せま》さになる。あまつさえ、スポンヂを張った床《ゆか》が、サンダルの足もとを妙に不安定にする。その道は、鼻をつままれてもわからないほどの暗さである。

仙一郎は急に募ってきた恐怖を自分一人で保《も》ちきれなくなって、うしろの谷を探した。よく見えないので、

「おい、おい」

と低声《こごえ》で呼んだ。長身の谷が、ずっと頭を下げて、顔を寄せてきたのが感じられた。その耳もとらしいところへ口を寄せたとき、仙一郎は、闇のなかに立ち迷うポマードの濃い匂いを嗅《か》いだ。

「おい。今の土左衛門、富子にそっくりに見えなかったかい」

谷の反応を窺《うかが》う余裕が、このときの仙一郎には全くなかった。それだのに、谷がそう言われて笑った顔が鮮明に感じられた。谷はたしかに笑ったのだが、そのほとんど声のない笑いが、闇の中ではっきり見えた筈がない。

道が八幡《やわた》の藪知らずに入ってますます暗く、かなたこなたに女客の本当の悲鳴が藪を伝わってきこえてくるにつけて、仙一郎は自分のすぐうしろに来る谷が、さっきの笑顔をそのまま保っているような気がして、しきりに振向いた。谷の白い半袖シャツの胸だけは見えるが、顔はさだかに見えない。見えないけれども、笑っているようには思われない。もしや谷は、仙一郎が振向くたびに、すばやく笑いを納めるのであろうか。

仙一郎は何だかここらで家へ帰って寝たいような気がして来た。この分で行くと、どうしても見る筈のないものを見るような気がするのである。

藪の途中に、「絶対禁煙」という大きなビラがかかっているのは興褪《きょうざ》めだが、曲り角のところに古井戸があって、そこから釣瓶《つるべ》にすがって、水に濡《ぬ》れた幽霊が迫《せ》り上って来る仕掛があった。

現われる幽霊の、その唐突な迫り上り方、その崩れた顔つきは、むしろ怖ろしくないが、幽霊が沈んでいるあいだ、井戸のなかからは人を呼ぶ声が、反響を伴って陰気に繰り返される。録音されているその女の声が、機械を通してひびくだけに一そう片輪じみていて、病み衰えた咽喉《のど》から嗄《しわが》れた声が昇ってくるように感じられる。

仙一郎はたしかに、

「仙ちゃあん」

と呼ぶ声を聴いたように思った。

富子は若いし、子供のない夫婦だったから、新婚時代の呼び方をそのままつづけていた。ごく親しい者しか、富子が良人《おっと》を仙ちゃんと呼んでいたことは知らなかった。今呼ぶ声が富子の声だという思いにかられると、彼は悲しみと済まない気持でいっぱいになり、あんなにやさしい純な女だったから、仙一郎のきびしい問責に耐えなかったのだと思った。

それなら凡《すべ》ては谷が悪いのである。彼は谷の顔に良心の呵責《かしゃく》を見たいと思って振返ったが、谷は仙一郎より一歩退《さが》って、藪へ半ば寄りかかるようにして、無力に、つまらなそうに井戸へ目を注いでいるだけだった。

「富子の声だと思わないかい」

と仙一郎は声をかけた。今度は谷は笑わなかった。そしてあいまいに背を向けて、下駄でそこらの紙屑《かみくず》を蹴《け》るような仕草をしている。

そのとき、又、井戸からは機械的に、釣瓶にすがった小柄な幽霊の人形が、濡れそぼった鼠いろの裾を垂らして迫り上り、その小さな飛沫《しぶき》が仙一郎の手の甲にかかった。

——八幡の藪知らずは、いつまでも尽きない。そしてさっき前方にいた大ぜいの若い先客は、いそいで駈け抜けて行ったのか、前には本田の浴衣の背と兵児帯の結び目が、見えつ隠れつしているだけで、場内は妙にしんとしている。

ときどき、天井のピアノ線を伝わって幽霊が宙を走り、その裾で客の項《うなじ》を払って、ぎょっとさせることもある。しかしそんな衝撃には、仙一郎も馴《な》れてしまった。ただとぼとぼと義務的に歩くうちに、そういう怖がらせのいろんな仕掛は念頭になくなって、むしょうに気がふさいできた。傍らの藪には青い鬼火がさまよい、一つ目小僧が、夜光塗料を塗った赤い舌をぶら下げて、目玉のあかりを明滅させている。

酔いのさめたときに、よくこんな気持になるが、今夜のはそれともちがう。気分が底知れず沈んで、心の隙間《すきま》から、掻《か》い出しても掻い出しても、淋《さび》しさの水がしみ込んで来るような気がするのである。

一刻も早くここを出たい。もう谷の気持なんぞ構っていられない。急ぎ足になりながら、駈けたりしては本当に怖がっているようで体裁が悪いので、せめて本田に追いつこうと思って、藪の一つの曲り角まで来ると、そこに藪が乱雑に押し分けられて、通路とは別の、くぐればくぐれるほどの抜け道があるのが見えた。

そのむこうに明りが射《さ》し込んでいる壁が見える。よく若い者の悪戯《いたずら》で、折角の仕掛をこわして近道を拵《こしら》えたり、身をひそめて女の子を嚇《おど》す隠れ場所を作ったりすることを、去年の夏も仙一郎はきいていた。この抜け道はそれにちがいない。少しでも早く明るい処《ところ》へ出たさに、彼が藪の下道へ身をかがめかけると、

「そこは違うよ」

という声がして、肩を叩《たた》かれた。見ると、谷がうしろに立っている。仙一郎は身をかがめたまま谷を睨《にら》んだが、その姿は藪の梢《こずえ》と競うほどに高く見えた。

そのとき又谷が笑ったような気がしたが、仙一郎は怒りにかられて、かまわず抜け道を光りを目ざしてくぐって行った。藪は途切れて、遠見の藪を書いた書割の裏へ出た。洩《も》れていた光りは、そこの鉄の扉の上にぽつりとともっている非常口のランプである。

『何だ馬鹿々々《ばかばか》しい』

と夢からさめた思いで仙一郎は鉄の扉を見上げた。把手《とって》に手をかけると、鍵《かぎ》がかかっていず、柔らかに開《あ》いた。

そこは裏手の山に面していて、出口の次の扉らしいが、外には外灯もなくて、月の余光を含んでしんとした空が高いところにある。山の雑木が風にさわいでいる。人かげもなく、建物に沿うた砂利の小径《こみち》だけがしらじらと見える。

そこを辿《たど》って建物の角を曲れば、出口の賑《にぎ》わいへ辿りつく筈である。歩くうちに、仙一郎は、建物の角のところに立っている浴衣の女を見た。

砂利を歩く仙一郎のサンダルの跫音《あしおと》に、女はふりむいたが顔は暗くて見えない。女が砂利道を歩いてくるにつれて、仙一郎は頭の中があいまいになって、膝頭《ひざがしら》がわなないて、強い力で押えつけられたように身体《からだ》が動かなくなった。女は下駄を散らかすような歩き方をして、ひどく歩きにくそうに歩いてきた。近づくにつれて、薄化粧をした粉っぽい顔が明らかになる。それは富子の顔である。

仙一郎は叫び声をあげて、身をすりぬけて、きっと人で賑わっているだろう出口のほうを求めて、砂利道を駈け出した。

肆

——出口の前には、まだ村越たちの姿はなかった。駈けながら脱ぎ捨てた仙一郎の

サンダルを持って、追いかけてきた富子は、浴衣の豊かな胸を弾ませて、

「どうしたの？　どうしたの？　へんな人ね」

と、青ざめてしゃがみ込んだ仙一郎の肩をゆすった。

「何が怖いのよ。子供じゃあるまいし。私を見て逃げ出すなんて、よっぽどイカれてるわ。どうしたのよ、仙ちゃん」

明るい電気の下で見る富子の顔は、いつもと変りがない。唇を反らせて物を言う表情と比べて、着物姿はやや年よりも老成《ふけ》て見せるが、乳房が豊かなので、どんなに襟を合せても、自堕落な着方に見える。半ばは仙一郎の好みで、そこらのズベ公のように、目の下辺にアイラインを入れている。十五も年上の仙一郎を子供扱いにする口調が、仙一郎の商売が巧《うま》く行かなくなるにつれて、だんだんひどくなって、このごろは人前も憚《はばか》らないようになった。

「どうしたんだ。こんなところへ」

「どうしたんだ、はこっちで訊《き》きたいことよ。それより私、わざわざ迎えに来てあげたんだよ。

世田谷の伯父さんと伯母さんが、お墓まいりのかえりだって来て、あんたを待ってるわ。あんまり待たしてもわるいから、巴鮨へききに行ったら、川へ涼みに行ったと

いうんでしょう。川へ行ってみりゃ、そこにもいやしない。やっと井手さんたちをつかまえて、ここを教えてもらったの。本当に、いい年をして、呆《あき》れたわね」

気分が少し落ちつくと、仙一郎はどうしてこんなぴんしゃんした富子を、須臾《しゅゆ》のあいだでも、自殺した女のように考えたのか、理由がわからなかった。理由はたしかにあるのだろうが、どこのところで現実の糸がもつれはじめたのかわからない。富子を死んだ者のように思ったのは、いくら酔っていたにしても、そう思わせるだけの力がどこかに働らいていたからにちがいない。その力がおぼろげに想像されるが、それから先を想像することは、何か怖ろしくてできないのである。

二人でガードをくぐり、暗い道を抜け、やっと明るい商店街へ出ると、もうあらかた店は閉めていたが、終夜の鈴蘭灯がなつかしい光りを路上に落し、人通りもまだ絶えず、仙一郎は快活な気分になった。

松山テイラーは、商店街の向うの外れに近く、巴鮨よりさらに二軒先であるから、こちらから入ると、連合会の連中の大方の店の前をとおることになる。野口のレストランはまだ店をあけており、喫茶の店で繁昌《はんじょう》しているそのモダンな店内を、仙一郎は忌々《いまいま》しそうに覗いた。大西の魚屋は大戸を下ろし、くぐり戸から覗ける明るい内部に、店を洗っている若い衆のゴム長靴と、光ってはね返る水の飛沫が見えた。

谷の時計屋は入口にも飾窓にも、トタン張りの戸を閉め込んで、看板も落莫《らくばく》として、まるで売りに出た店のような感じがあった。二階の窓から洩れる灯もなかった。その前を通りかかるとき、

「このお店も、あれ以来もうだめだわね。親戚《しんせき》が代ってやっているらしいけど」

と富子は言った。

それから二三歩あるいて、富子は片手を浴衣の八ツ口にさしこんで、うつむいて、貝が鳴くようにキキと笑った。

「言っちゃおうかな」

「何を」

「私ね、谷さんが自殺した原因がわかってるような気がするの。あの人、私にラヴ・レターよこしてたんだけど、私がすげなく扱って、返事も書かなかったためだと思うの。あの人も案外ロマンチストだったからねえ。……その手紙、実はあの人の形見のつもりでとってあるのよ。家へかえったら、見せてあげようか。伯母さんの前で読んだら、伯母さん、きっとひっくり返るわ」

仙一郎は自分のポケットへ手を入れようとするのに、手が異様に慄《ふる》えていてうまく入らない。ようやくつかみ出したお化け大会の招待券の残りを、彼は歩きながら、そ

そくさと数えた。

新聞販売店から貰《もら》った券はたしかに十枚である。四人で使ったのだから、残った券は六枚でなければならない。数えても数えても、券は七枚あって、家へ着くまで、仙一郎は富子が何を話しかけても答えずに、皺《しわ》くちゃになった切符の、怪しい鬼火や化物の絵のついた七枚を、何度となく数え直した。

英霊の声

昭和41（1966）年、いわゆる「新三種の神器（カラーテレビ・クーラー・自家用車）」の時代。6月にビートルズが来日。本作は「文藝」6月号に発表。この年『春の雪』（「豊饒《ほうじょう》の海」第一巻）を執筆、『奔馬』の取材に動く。翌年、陸上自衛隊に体験入隊。

一

浅春のある一夕、私は木村先生の帰神《かむがかり》の会に列席して、終生忘れることのできない感銘を受けた。その夜に起ったことには、筆にするのが憚《はばか》られる点が多いが、能《あた》うかぎり忠実にその記録を伝えることが、私のつとめであると思う。

帰神の法を、一名又幽斎の法というのは、ふつうの神殿宮社で、祝詞供饌《ぐせん》あって、神祇《じんぎ》をいつきまつる「顕斎の法」に比して、霊を以《もっ》て霊に対する法であるから、この名があるのである。また、帰神のなかにも幽顕があり、幽の帰神というのは、本人も気づかぬうちに霊境に入って、その精神集中によって霊感を得るもので、まして他人にはそのありさまは読めないから、いわゆる芸術家のインスピレーションなども、これに含まれると考えてよかろう。

これに対する顕の帰神が、ふつうに云《い》う神がかりのことで、神の憑《よ》り坐《ま》したことは、本人はもとより、まわりの者にも明瞭《めいりょう》に見てとれるのである。

又、幽顕それぞれに、自感法、他感法の別があり、我ひとり神霊に感合するのが前者であるが、私が列席した会は、いうまでもなく、この顕の帰神の他感法に依《よ》るものであった。

そもそも他感法には、審神者《さにわ》がおり、霊媒たる神主がおり、さらに正式には琴師がいて、六絃の琴を奏《かな》でて神霊の来格を乞《こ》い、審神者がお伺いを立てるのであるが、木村先生の厳父天快翁《おう》は琴師を廃され、審神者たる翁みずから、石笛《いわぶえ》を吹き鳴らされる法を興《おこ》された。

石笛は鎮魂玉と同様、神界から奇蹟《きせき》的に授かるのが本来であるが、かりに相当のものを尋ね出して用いてもよい。ふつうは拳《こぶし》大、鶏卵大の自然石で、自然に穴の明いたものを用いるが、古代の遺物はおおむねその穴が抜け通っている。先生が天快翁から伝えられた秘蔵の石笛は、二拳を合わせるぐらいの大きさに穴が斜めに抜け通っており、やや青みを帯びた黒色の、神光奇《く》しき逸品であった。本気で吹けば八丁聞えると云われ、天快翁はこれを神界から授けられた由《よし》である。

さて、神主は例のとおり、川崎重男《しげお》君が勤められたが、この二十三歳の盲目の青年は、木村先生の審神者に応じて、もっとも従順に、清らかにその任を果すことのできる人であった。白川神道《しんとう》の流れを汲《く》む人は、天神《あまつかみ》は主として婦人に憑《かか》られ、地祇《くにつかみ》は主として男子に憑られる、と主張しているようであるが、これは訛伝《かでん》である。沙庭《さにわ》が霊をかけるときに、気合や唱え言をして、さわがしく振舞うように思っている人があったら、一度、木村先生のもとへ来てみられるがいい。石笛を用いこそすれ、あくまで幽斎の本義に則《のっと》って、いささかのさわがしさもなく、荘重森厳を極めたものである。

その夜は、浅春三月初旬に似合わぬ暖かい南風が、雨気を含んで吹きめぐっており、閉め切った雨戸も鳴り、しばしば雨が来て窓を叩《たた》いた。

帰神《かむがかり》の会というのは、俗見のごとく徒《いたず》らに仰々しい、おどろおどろしいものでは決してない。又、神霊が憑り坐《ま》したあとも、もしそれが新らしい霊であれば、決して記紀そのままの古語を以て神語られるわけではない。自由に現代の言葉も語られ、時にはあまり不調和ではないかと思われるような現代的言辞も用いられることがある。参会者もこのときには、畏怖《いふ》の念もさることながら、わが霊を以て親しく霊と対面する心持に入っているのであるから、むしろ神主の口から、われわれの現在の関心事が、親しみのある言葉で以て語られるのを喜ぶのである。しかし、もちろんそこには云うに云われぬ霊気があって、犯すべからざる神格が保たれている。

その夜、私は何事が起るともしらず、身体衣服を清潔にして、常のとおり、すがすがしい神気の漂う一座に、列《つら》なることを喜んだが、今から考えると、そこにいくばくの予感がないではなかった。雨戸を叩く烈風もさることながら、その夜の神主川崎君の面貌《めんぼう》に、心なしか、只《ただ》ならぬものが窺《うかが》われたからである。

川崎君は不幸にも、十八歳の時事故によって両眼を失明したが、それ以来霊眼をひらかれ、木村先生のおみちびきによって、眼前にありありとあらわれる霊象に開眼し、いわば第二の目をひらいた人である。

川崎君は美少年と云ってもいい白皙《はくせき》の面立に、細い眉《まゆ》、神経質な細い形の整った鼻筋、婦人に見まがう小さなやさしい唇の持主であるが、この日は帰神のはじまるずっと前から、常にもまして色蒼《あお》ざめ、参会者とも一語も交わさなかった。

いよいよ木村先生が石笛の最初の一声を吹き鳴らされたときから、その顔はますます血の気を失い、白衣の肩もかすかに慄《ふる》えているのが気づかわれた。

石笛の音《ね》は、きいたことのない人にはわかるまいが、心魂をゆるがすような神々《こうごう》しい響きを持っている。清澄《せいちょう》そのものかと思うと、その底に玉《ぎょく》のような温かい不透明な澱《よど》みがある。肺腑《はいふ》を貫ぬくようであって、同時に、春風駘蕩《たいとう》たる風情《ふぜい》に充《み》ちている。古代の湖の底をのぞいて、そこに魚族《いろくず》や藻草《もぐさ》のすがたを透かし見るような心地がする。又あるいは、千丈の井戸の奥底にきらめく清水に向って、声を発して戻ってきた谺《こだま》をきくような心地がする。この笛の吹奏がはじまると、私はいつも、眠っていた自分の魂が呼びさまされるように感じるのである。

まして神主たる川崎君に及ぼす、石笛の影響は多大なものがあろう。時として木村先生は、一時間の余も、むなしく笛の吹奏をつづけられることがあるが、その夜は先生が吹きはじめられるが早いか、川崎君の面貌には顕著な変化があらわれた。神が憑《かか》られるときには、彼の頬は紅潮することが多いのに、青ざめたままの額に玉なす汗が浮んできた。汗のきらめきは襟の合せ目にのぞくあくまで白い胸にも見られた。

雨戸を搏《う》つ風音にふと私が気をとられたあいだに、川崎君の上体はかすかに左右へ揺れはじめ、憔悴《しょうすい》しつくしたようなその頬にあるかなきかの微笑が刻まれ、突然、諸手《もろて》で手拍子を打って、歌いはじめた。……

「かけまくもあやにかしこき
すめらみことに伏して奏《まを》さく
今、四海必ずしも波穏やかならねど、
日の本のやまとの国は……」

この歌がはじまるのをきくと、私は慄然《りつぜん》として、思わず隣りに坐《すわ》っているN氏と顔を見合わせた。ふだん川崎君の声は、やや肺疾を思わせるようなかすれた弱い声で、帰神《かむがかり》に当ってその声が変質することには、私はもはや愕《おどろ》かなかったが、今歌いだした歌声は、明らかに一人の声ではなく、大ぜいの唱和する声が遠くからきこえてくるようである。

それは明らかに若い雄々しい咽喉元《のどもと》から発せられる歌声で、もとより川崎君の地声とは似ても似つかない。かくも大ぜいの合唱が一人の咽喉から出て、ひろい洞窟《どうくつ》の中の歌声のように共鳴し交響するのを目《ま》のあたりに聴いて、私はわが耳を疑わずにはいられなかった。しかもそれは荘厳《そうごん》な神の声というよりは、青年たちの群衆が、怒りと嘲笑《ちょうしょう》を含んで声を合わせて歌っているとしかきこえず、私とN氏は顔を見合わせたが、いかなる神が憑《かか》ったか判断に苦しんでいる点では、N氏も同様であることがすぐにわかった。
ふと木村先生のお姿を窺うと、静かに瞑目《めいもく》して、ひたすら石笛を吹いておられる。その表情には少しも乱れが見られない。合唱は、笛の音に縫われて、遠い潮騒《しおさい》のように、高まり又低まりつつ、つづいた。
「……今、四海必ずしも波穏やかならねど、
日の本のやまとの国は
鼓腹撃壌《こふくげきじやう》の世をば現《げん》じ
御仁徳の下《もと》、平和は世にみちみち
人ら泰平のゆるき微笑《ほほゑ》みに顔見交はし
利害は錯綜《さくそう》し、敵味方も相結び、
外国《とつくに》の金銭は人らを走らせ
もはや戦ひを欲せざる者は卑劣をも愛し、
邪《よこし》まなる戦《いくさ》のみ陰《いん》にはびこり
夫婦朋友《ほういう》も信ずる能はず
いつはりの人間主義をたつきの糧《かて》となし
偽善の団欒《だんらん》は世をおほひ

力は貶《へん》せられ、肉は蔑《なみ》されつつ
若人らは咽喉元をしめつけられつつ
怠惰と麻薬と闘争に
かつまた望みなき小志の道へ
羊のごとく歩みを揃《そろ》へ、
快楽もその実を失ひ、信義もその力を喪《うしな》ひ、
魂は悉《ことごと》く腐蝕《ふしよく》せられ
年老いたる者は卑《いや》しき自己肯定と保全をば、
道徳の名の下に天下にひろげ
真実はおほひかくされ、真情は病み、
道ゆく人の足は希望に躍ることとかつてなく
なべてに痴呆《ちほう》の笑ひは浸潤し
魂の死は行人の額に透かし見られ、
よろこびも悲しみも須臾《しゆゆ》にして去り
清純は商はれ、淫蕩《いんたう》は衰へ、
ただ金《かね》よ金よと思ひめぐらせば

人の値打は金よりも卑しくなりゆき、
世に背く者は背く者の流派に、
生《なま》かしこげの安住の宿りを営み、
世に時めく者は自己満足の
いぎたなき鼻孔をふくらませ、
ふたたび衰へたる美は天下を風靡《ふうび》し
陋劣《ろうれつ》なる真実のみ真実と呼ばれ、
車は繁殖し、愚かしき速度は魂を寸断し、
大ビルは建てども大義は崩壊し
その窓々は欲求不満の蛍光灯に輝き渡り、
朝な朝な昇る日はスモッグに曇り
感情は鈍磨し、鋭角は磨滅し、
烈《はげ》しきもの、雄々しき魂は地を払ふ。
血潮はことごとく汚れて平和に澱み
ほとばしる清き血潮は涸《か》れ果てぬ。
天翔《あまが》けるものは翼を折られ

不朽の栄光をば白蟻《しろあり》どもは嘲笑《あざわら》ふ。

かかる日に、

などてすめろぎは人間《ひと》となりたまひし」

…………。

おわりに近づくほど手拍子も勢い高く、声は弾んで、石笛《いわぶえ》の音《ね》を圧するほどに朗々と、しかしいいしれぬ怒りと慨《なげ》きを含んで歌った。「人間《ひと》となりたまひし」とまで歌ったとき、しかし突然琴の絃《いと》が絶たれたように歌は止《や》んだ。

川崎君ははげしく肩で息をして面を伏せ、しばらくは、彼の息の音と石笛の音のみが、身を切るような静寂のうちにもつれ合った。それはあたかも、川崎君の気管が先生の石笛のひびきを模して、しかも模することができず楽の音に届くことが叶《かな》わずに、喘《あえ》いでいるかのようであった。

やがて石笛の音も止んだ。木村先生は笛を口から離し、しずかに白布で笛の孔《あな》を拭《ぬぐ》っておられた。

二

ひとまず神は神上《かむあが》り、人間の休息の暇が与えられたように思われたので、私はN氏の目くばせにこたえて、勇を鼓して、今神下りましたのはいかなる神でしょうか、と先生に問うた。いかにも如実《にょじつ》に現代の世相を歌っておられたから、輓近《ばんきん》神となられた方であろうかと推測されたのである。

木村先生はおもむろに口をひらかれ、

「いや、私は必ずしもそうは思いません」

と言われた。

先生のお言葉によれば、いかなる神とも知れないが、その数が多《さわ》であること、又、若い神々であるらしく思われるが、高い神格は疑いがないこと、先考の神伝秘書中にも、

一、過去現在未来を伺うべし
二、真神なるや偽神なるや弁ぜずばあるべからず
三、神の上中下の品位を知らざるべからず
四、神の功業を知らざるべからず
五、荒魂《あらみたま》、和魂《にぎみたま》、幸魂《さちみたま》、奇魂《くしみたま》を知らざるべからず
六、神に公憑《こうひょう》私憑あるを知らざるべからず

等々とあるが、ひそかに思うに、この神々は真神たるはもちろん、上品に属され、功業は大なる荒魂であり、しかも今夜はここに公濃として濃《かか》られたのだと推測されるということ、が明らかになった。この一夜がすぎたあと、私は先生の最初の推測が悉《ことごと》く肯綮《こうけい》に中《あた》っていたのを知って、今さらながら先生に対する敬愛を新たにしたが、この記録もそれが公濃であるとわかって鼓舞された点が多い。

木村先生が重ねて言われるには、

「今の世のことを語られても、必ずしも新らしい神々とは云われない。今の世を汚《けが》れたりとそしり玉うのは、何もかもお見透しだからである。私が奇異に思うのは、この合唱をきくあいだ、しきりに潮の香が嗅《か》がれ、一望はるかなる海上に、月の照るのが眺められたが、いかなる神々であり、いかなる場所に神集うておられるのか、これから伺って見ようと思う」

私は、かくて、心耳を澄まして、ふたたび石笛をとりあげられた先生の、玲瓏《れいろう》たる吹奏を聴いた。

川崎君は、主人の呼び声を耳にした白い犬のように、うなだれていた面《おもて》をあげたが、すでにその顔は顔変りがして、ふだんの川崎君のやや柔弱な面輪《おもわ》とはちがった、凛々《りり》しい決然とした表情を浮べているのに私は気づいた。眉は迫り、眥《まなじり》を裂き、そのやさしい唇さえきりりと結ばれて、そこには戦いに臨んだ若い兵士のような面ざしが如実にあらわれていた。

木村先生は石笛を口から離され、

「いかなる神にましますか、答えたまえ」

としっかりした語調で言われた。

これに答える川崎君の声も、太い男らしい咽喉《のど》から出るますらおの声になっていた。

「われらは裏切られた者たちの霊だ」

とその声は明瞭に言った。

私どもは慄然とした。

木村先生は少しも動ぜずに、同じ平静な口調で、重ねて問われた。

「何者が裏切ったのでありますか」

「それを今言ふは憚《はばか》りがある。われらの物語をきいてのち、おのづから明らかにならう」

「今いずこに神集うてましますか」

「所の名は言へぬ。月の海上であるとだけ答へよう。志を同じくする者が、今宵《こよひ》は海の上に数多く集うてゐる。

今、おんみらの家の屋根を打ち戸を打つてゐる春の嵐《あらし》は、われらの息吹《いぶき》がおんみらの眠りをさまさうとして、早駈《はやが》けてゐるのである。

しかしこの海上は陸《くが》から遠く離れ、月光は遍満し、黒いうねりを帯びてめぐる潮《うしほ》は、笹立《ささだ》つ波頭も見せずに和らいでゐる。

ここはわれらの安息の場所だ。しかし今なほ心は怨《うら》みと憤《いきどほ》りと、耐へがたい慨《なげ》きに引裂かれてゐる。なぜならわれらは裏切られた霊だからだ」

「何ゆえ裏切られ玉うたのでありますか」

「それはおひおひ語るところを聞くがいい。そら、かなたの沖からも、同志の一人が、海の上を風を孕《はら》んだ帆のやうに進んでくる。

見るがいい。その帆はカーキ色であり、黄金《こがね》の色の釦《ボタン》が月に光り、肩には肩章《けんしやう》が光つてゐる。そしてその軍服の胸は破れ、血に濡《ぬ》れてゐる。

その胸は銃弾を以て破れたのではない。尽きせぬ怨みによつて破れ、今もなほ血を流してゐるのである。……」

このとき私は、今宵の帰神《かむがかり》が容易ならぬ事態を招いたのを覚《さと》った。

木村先生はおもては平静さを変えられぬが、その額ににじむ汗を見ても、霊の瞋恚《しんい》の火《ほ》あかりを受けて、たじろいでおられるのが察せられる。

しかし一旦《いったん》招請された神霊を、いかに荒いみたまとはいえ、こちらの勝手で神上《かむあが》り
し玉うように願うことは、のちのちの禍《わざわい》のもとでもあり、御先代の神伝秘書の固く戒
めるところである。先生がすでに決意を以て、この荒魂を迎えようとされていること
は、私にはよくわかっていた。
一方、川崎君の顔も徐々に紅潮し、言葉は次々と、神々しい威厳を以てその口から
出て、もはやとどめる術《すべ》もないように見えた。
先生が
「海上の神遊びのみこころをおきかせ下さい」
と問われると、
「神遊びか」
と霊の言葉には、嘲けるような、又、聴きようによっては自ら嘲けっているともき
こえる響きがこもっていた。
「われらは陸《くが》のいつはりの奥津城《おくつき》をのがれ出て、月の夜には海上に集うて、今の世の
こと、又すぎし世のことを語り合ふのをならはしとしてゐるが、この酒ほがひには、
吹きさやぐ海風がわれらの酒だ。
神集ふのはわれらの同志のみではない。時には幾千幾万、何十万のつはものの霊が

相見《あひまみ》え、今の世の汚れをそしる戯《たはむ》れの歌に声を合はせる。しかしその声さへ、人々の耳にもはや届かぬことをわれらは知つてゐる。

この日本をめぐる海には、なほ血が経《へ》めぐつてゐる。かつて無数の若者の流した血が海の潮《うしほ》の核心をなしてゐる。それを見たことがあるか。月夜の海上に、われらはありありと見る。徒《あだ》に流された血がそのとき黒潮を血の色に変へ、赤い潮は唸《うな》り、喚《おら》び、猛《たけ》き獣のごとくこの小さい島国のまはりを彷徨《はうくわう》し、悲しげに吼《ほ》える姿を。

それを見ることがわれらの神遊びなのだ。手を束《つか》ねてただ見守ることがわれらの遊びなのだ。かなた、日本本土は、夜も尽きぬ灯火の集団のいくつかを海上に泛《うか》ばせ、熔鉱炉《ようくわうろ》の焔《ほのほ》は夜空を舐《な》めてゐる。あそこには一億の民が寝息を立て、あるひはわれらの知らなかつた、冷たい飽き果てた快楽に褥《しとね》を濡らしてゐる。

あれが見えるか。

われらがその真姿を顕現しようとした国体はすでに踏みにじられ、国体なき日本は、かしこに浮標《ブイ》のやうに心もとなげに浮んでゐる。

あれが見えるか。

今こそわが本体を明かさう。われらは三十年前に義軍を起し、叛乱《はんらん》の汚名を蒙《かうむ》つて殺された者である。おんみらはわれらを忘れてはゐまい」

私はそこではじめて、この霊がかつて代々木の刑場で処刑された若い将校の霊であることを知った。
そして、怒れる神霊は、次のように神語りに語ったのである。

三

「われらには、死んですべてがわかった。死んで今や、われらの言葉を禁《とど》める力は何一つない。われらはすべてを言ふ資格がある。何故《なぜ》ならわれらは、まごころの血を流したからだ。
今ふたたび、刑場へ赴く途中、一大尉《たいゐ》が叫んだ言葉が胸によみがへる。『皆死んだら血のついたまま、天皇陛下のところに行くぞ。而《しか》して死んでも大君の為《ため》に尽すんだぞ。天皇陛下万歳。大日本帝国万歳』
そして死んだわれらは天皇陛下のところへ行ったか？　われらの語らうと思ふことはそのことだ。すべてを知った今、神語りに語らうと思ふのはそのことだ。
しかしまづ、われらは恋について語るだらう。あの恋のはげしさと、あの恋の至純について語るだらう。

『朕《ちん》は汝等《なんぢら》軍人の大元帥《げんすい》なるぞ。されば朕は汝等を股肱《ここう》と頼み汝等は朕を頭首と仰ぎてぞ、その親《したしみ》は特《こと》に深かるべき。朕が国家を保護《ほうご》して上天《しやうてん》の恵に応じ祖宗《そそう》の恩に報いまゐらする事を得るも得ざるも、汝等軍人が其職を尽すと尽さざるとに由《よ》るぞかし』

大演習の黄塵《こうぢん》のかなた、天皇旗のひらめく下に、白馬に跨《またが》られた大元帥陛下の御姿は、遠く小さく、われらがそのために死すべき現人神《あらひとがみ》のおん形として、われらが心に焼きつけられた。

神は遠く、小さく、美しく、清らかに光つてゐた。われらが賜はつた軍帽の徽章《しるし》の星をそのままに。

皇祖皇宗のおんみ霊《たま》を体現したまひ、兵を率ゐては向ふに敵なく、蒼生《たみくさ》を憐《あは》れんでは慈雨よりもゆたかなおん方。

われらの心は恋に燃え、仰ぎ見ることはおそれ憚《はばか》りながら、忠良の兵士の若いかがやく目は、ひとしくそのおん方の至高のお姿をゑがいてゐた。われらの大元帥にしてわれらの慈母。勇武にして仁慈のおん方。

はげしい訓練のあひだにも、すめろぎの大御心《おほみこころ》はわれらに通ふかに感じられ、硝煙の漂ふ野のかなたから、つねに大御心の一条の光りは、戦ふわれらの胸内《むねぬち》に射《さ》してゐた。そしてわれらは夢みた。ああ、あの美しい清らかな遠い星と、われらとの間には、しかし何といふ距離があることだらう。われらの汚れた戎衣《じゆうい》と、あの天上のかぐはしい聖衣との間には、何といふ遠い距離があることだらう。われらの声は届くだらうか。勅諭をとほして玉音はひしひしと、日夜われらの五体に響いてゐるが、われらの血の叫び、死のきはに放つべき万歳の叫びは、そのおん耳に届くだらうか。神なれば千のおん耳を持ちたまひ、千のおん眼《まなこ》を以て、見そなはし、又、きこしめされるにちがひはない。しかしそのとき……

われらは夢みた。距離はいつも夢みさせる。いかなる僻地《へきち》、北溟《ほくめい》南海の果てに死すとも、われらは必ず陛下の御馬前で死ぬのである。しかしもし『そのとき』が来て、その絶望的な距離が一挙につづめられ、あの遠い星がすぐ目の前に現はれたとき、そのかがやきに目は盲《めし》ひ、ひれ伏し、言葉は口籠《くごも》り、何一つなす術《すべ》は知らぬながらも、その至福はいかばかりであらう。死を賭《か》けたわれらの恋の成就《じやうじゆ》はいかばかりであらう。その時早く、威ある清らかな御声《みこゑ》が下《くだ》つて、ただ一言、『死ね』と仰《おほ》せられたら、われらの死の喜びはいかほど烈しく、いかほど心満ち足りたものとなるであらう。

われらは生涯に来るとしもないその刹那《せつな》をひたすらに夢みた。われらは若く剛健にして、忠節と武勇と信義はならびなく、心は燃えやすく、魂は澄んでゐる。不正はわれらの身に一指も触れるあたはず、若き力と血はこの身にたぎつてゐる。かくて、われらはすめろぎの星について夢みつづけ、心にその像をいとほしく育てて行つた。無双の勇武と無双の仁慈の化現《けげん》であらせられるそのおん方《かた》。民草をひとしく憐《あは》れませたまふそのおん方の前へ出れば、ここからはかくも遠かつたその距離も忽《たちま》ち払はれ、親疎《しんそ》の別なく父子の情をかけたまふおん方の前では、ここにゐて思ふ怖《おそ》れも杞憂《きいう》にすぎまい。われらは若く、文雅に染らず、武骨ながら、われらの血と死の叫びをこめた不器用な恋をも、どんな不器用な忠義をも、大君は正しく理会したまひ、受け入れたまふにちがひない。

かくてわれらはつひに、一つの確乎《かつこ》たる夢に辿《たど》りついた。その夢の中では、宮廷の千年の優雅に織り成された生絹《すずし》の帷《とばり》が、ほのかな微風をもうけ入れてそよいでゐた。

『陛下に対する片恋といふものはないのだ』とわれらは夢の確信を得たのである。『そのやうなものがあつたとしたら、もし報いられぬ恋がある筈《はず》だとしたら、軍人勅諭はいつはりとなり、軍人精神は死に絶えるほかはない。そのやうなものがありえないといふところに、君臣一体のわが国体は成立し、すめろぎは神にましますのだ。恋して、恋して、恋して、恋狂ひに恋し奉《たてまつ》ればよいのだ。どのやうな一方的な恋も、その至純、その熱度にいつはりがなければ、必ず陛下は御嘉納《ごかなふ》あらせられる。陛下はかくもおん憐み深く、かくも寛仁、かくもたをやかにましますからだ。それこそはすめろぎの神にましますゆえんだ』

われらはさう信じた。われらはかうして、この恋の端緒を神語りに語りをはつた」

――ここまで来たとき、川崎君の面上にうつろう色があって、緊張は弛緩《しかん》し、眉からさえ力が抜けて、ふだんの細い眉の繊細な悲しみが、かすかに眼球の動きが察せられる盲目の目の上に流れた。霊の声ははたと止んだ。

私どもは言葉もなかった。木村先生はやがて私どもの気持を察して、こう言われた。

「今夜は思いがけぬ仕儀になり、私も川崎君もこれほどの神霊の重みに耐え得るかどうか危ぶまれる。しかし力をつくし誠をつくして、神々がわれわれを選ばれたその御志に答えなくてはならない。今夜神主の口をとおして述べられることには、怖ろしい憚りあることが多々ありそうに思われるが、諸君も全霊を以て霊のお声に対し、いささかもなおざりに聴かず、まことの幽斎の本義をつかんでいただきたい。このような宵は、私の半生にもはじめてのことであるが、諸君にとっても一生に一度あるかないかという機会である。今宵の神事のために、私はたとえ息絶えることがあっても何ら悔ゆるところはない。川崎君もおそらく同じ心だろうと思う」

私は先生の気魄《きはく》に打たれながらも、もともと丈夫ではない盲目の川崎君の体を気づかったが、先生も今しばらく川崎君の心を休らわせ、鎮魂の時を与えようと思われたのであろう、又石笛《いわぶえ》をとって静かに唇へあてられた。

嵐はなお静まる気配がなく、雨戸の外には庭木の悶《もだ》えるざわめきや、雨がかなたこなたへちぎられて飛び、斜めに身を打ち当てるその雨音などがたえずきこえていた。笛の音ははじめは雨音に制せられるようであったのが、次第にその神さびた顫音《せんおん》が細い渓流の漲《みなぎ》るのに似てくると、いつか戸外の雨音を圧して、私は瞑目してこれをきくうちに、しらずしらず、笛の音につれて広野へ誘い出され、今や身は室内にあるようであってそうではなく、はてしもしれぬ闇《やみ》の野の嵐の只中に、神籬《ひもろぎ》を樹《た》てて相集うているような心地がした。

……やがて、再び、私は川崎君の口をとおして、英雄のみたまが語るのをきいた。

四

「そのとき陛下はおん年三十五におはしました。

陛下は老臣の皺《しわ》多き理性と、つつましき狡智《かうち》に取り巻かれていらせられた。かつて若きもののふが玉体を護《まも》つて流す鮮烈な血潮を見そなはしたことはなかつた。

民の貧しさ、民の苦しみを竜顔の前より遠ざけ、陛下を十重二十重《とへはたへ》に、あれらの者たち、すなはち奸臣佞臣《かんしんねいしん》、あるひは保身にだけ身をやつした者、不退転の決意を持たずに事に当つた者、臆病者《おくびやうもの》にしてそれと知らずに破局への道をひらいた者、あるひは冷血無残な陰謀家、野心家が取り囲み奉つてゐた。そして陛下は、霜落つる兵舎の片かげに息吹く若き名もなき者の誠忠の吐息を見そなはしたことはなかつた。

われらが国体とは心と血のつながり、片恋のありえぬ恋闕《れんけつ》の劇烈なよろこびなのだ。さればわれらの目に、はるか陛下は、醜き怪獣どもに幽閉されておはします、清らにも淋《さび》しい囚《とら》はれの御身と映つた。

怪獣どもは焰を吐き、人肉を喰《くら》ひ、あやしい唸《うな》り声《ごゑ》を立てて徘徊《はいくわい》しつつ、上御一人の警護を装《よそほ》うて、実は九重の奥に閉ぢ込め奉つてゐた。その鱗《うろこ》には黄金《わうごん》の苔《こけ》を生じ、いまはしい銅臭を漂はせ、その這《は》ひずりまはる足もとの草は悉《ことごと》く枯れた。

われらはその怪獣どもを仆《たふ》して、陛下をお救ひ出し申し上げたい、と切に念じた。そのときこそ、民も塗炭の苦しみから救はれ、兵は後顧の憂《うれ》ひなく、勇んで国の護りに就くことができるであらう。

われらはつひに義兵を挙げた。思ひみよ。その雪の日に、わが歴史の奥底にひそむ維新の力は、大君と民草、神と人、十善の御位《みくらゐ》にましますおん方と忠勇の若者との、稀《まれ》なる対話を用意してゐた。

思ひみよ。

そのとき玉穂なす瑞穂《みづほ》の国は荒蕪《くわうぶ》の地と化し、民は餓ゑに泣き、女児は売られ、大君のしろしめす王土は死に充ちてゐた。神々は神謀《かむはか》りに謀りたまひ、わが歴史の井戸のもつとも清らかな水を汲み上げ、それをわれらが頭《かうべ》に注いで、荒地に身を伏して泣く蒼氓《さうぼう》に代らしめ、現人神《あらひとがみ》との対話をひそかに用意された。そのときこそ神国は顕現し、狭蠅《さばへ》なすまがつびどもは吹き払はれ、わが国体は水晶のごとく澄み渡り、国には至福が漲《みなぎ》る筈だつた。

思ひみよ。

そのとき歴史のもつとも清らかなるものは、遍満する腐敗、老朽と欺瞞《ぎまん》を打ちやぶり、純潔と熱血のみ、若さのみ、青春のみをとほして、陛下と対晤《たいご》せんと望んだのだ。やすみしし大君のしろしめす限り、かしこの田、かしこの畑、かしこの林に久しく埋もれた血の叫び、死の顔は、今や若々しく猛々《たけだけ》しい兵士の顔を借りて、たぎり、あふれ、対面しまゐらせんとはかつたのだ。冥々《めいめい》のうちなる日本のもつとも素朴、もつとも根深き魂が、ここを先途と明るみへ馳《は》せのぼり、光りの根源へ語りかけまゐらせようと願つたのだ。

われらはその指揮官だつた。

そしてわれらは神謀りのままに動く神の兵士であつた。

一つの絵図は、次のやうに光りにみちて描かれた。

そこは一つの丘である。

雪晴れの朝、雪に包まれた丘は銀にかがやき、木々は喜ばしい滴《しづく》を落し、力強い笹は雪の下から身を起し、われらは兵を率ゐて、奸賊を屠《ほふ》つた血刀を提げて立つてゐる。その剣尖《けんさき》からなほ血は雪にしたたり、われらの頬は燃え、われらの雪に洗はれた軍帽の庇《ひさし》は、漆黒の青空を映してゐる。

兵はみな粛然として、胸をときめかせつつ、近づく栄光の瞬間を待つてゐる。それは又、ふるさとの悲しめる父母、悲しめる姉妹の救済の時である。

われらは雪晴れの空をふり仰ぐ。

目にしみわたるその青さは、かなたの連山のかがやく白雪の頂きへまで、遮《さへぎ》る雲の一片《ひとひら》もなくつづいてゐる。そして巨木の梢《こずゑ》から落ちる雪は四散して、ふたたびきらめく粉雪になつて、かろやかにわれらの軍帽の上に降つてくる。

そのときだ。丘の麓《ふもと》からただ一騎、白馬の人がしづしづと進んでくるのは。それは人ではない。神である。勇武にして仁慈にましますわれらの頭首、大元帥陛下である。

われらは兵たちに、

『気をつけ！』

の号令をかける。われらの若く雄々しい号令にまして、この雪晴れの誉れの青空にふさはしいものがあらうか。

陛下は馬をとどめさせ玉ひ、馬上の陛下のおん影が、かたじけなくもわれらの雪に濡《ぬ》れた軍靴《ぐんくわ》の足もとに届く。われらは軍服の胸を張り、捧刀《ほうたう》の礼を以てお迎へする。刀の切羽《せつぱ》のまばゆい銀のきらめきを、剣尖からしたたり戻る血がつたはるのを、われらは目の前に見る。

『謹んで申上げます。われらは君側の奸を斬《き》り、今は粛然として、陛下の御命令をお待ちいたします。』何卒《なにとぞ》、御親政を以て、民草をお救ひ下さい』

『よし。御苦労である。その方《はう》たちには心配をかけた。今よりのちは、朕親《ちんみづか》ら政務をとり、国の安泰を計るであらう』

玉音はあたかも、雪晴れの青空がさはやかに声を発したかのやうである。陛下はつづけて仰《おほ》せになる。

『その方たちには位を与へ、軍の枢要《すうえう》の地位に就かせよう。今までは朕が不明であった。皇軍は誠忠の士を必要としてゐる。これからはその方たちが積弊をあらため、天皇の軍隊の威烈を蘇《よみがへ》らさねばならぬ』

『いや、陛下、何卒このままにお置き下さい。一級たりとも位を進めていただいては、われらが身命を賭《と》した維新の精神が汚れます。ただ、御親政の実をあげられ、兵たちの後顧の憂ひを無からしめて下さることが、われらへのこの上なき御褒賞《ごほうしやう》であります。今こそ兵もよろこび勇んで軍人の本分を尽し、皇国を護るために命を捨てることができます』

『さうか。その方たちこそ、まことの皇軍の兵士である』

陛下は叡感《えいかん》斜めならず、赤誠の兵士らに守られて雪の丘をお下りになる。その白馬のおん跡に従ふわれらこそ、神兵なのだ。

思ひみよ。

ここにもう一つの絵図がある。

それは光りにみちて描かれてはゐないが、第一の絵図にも劣らず、倖《しあは》せと誉れにあふれたものだ。むしろわれらの脳裡《なうり》に、より鮮明に描かれてゐたのは、この第二の絵図であつた。

同じ丘。しかし空は晴れず、雪は止んでゐるが、灰色の雲が低く垂れ込めてゐる。

そのかなたから、白雪の一部がたちまち翼を得て飛び来《きた》つたやうに、一騎の白馬の人、いや、神なる人が疾駆して来る。

白馬は首を立てて嘶《いなな》き、その鼻息は白く凍り、雪を蹴立《けた》てて丘をのぼり、われらの前に、なほ乱れた足掻《あがき》を踏みしめて止る。われらは捧刀の礼を以てこれをお迎へする。われらは竜顔を仰ぎ、そこに漲る並々ならぬ御決意を仰いで、われらの志がつひに大御心《おほみこころ》にはげしい焔を移しまゐらせたのを知る。

『その方たちの志はよくわかつた。

その方たちの誠忠をうれしく思ふ。

今日よりは朕の親政によつて民草を安からしめ、必ずその方たちの赤心を生かすであらう。

心安く死ね。その方たちはただちに死なねばならぬ』

われらは躊躇《ちうちよ》なく軍服の腹をくつろげ、口々に雪空も裂けよとばかり、『天皇陛下万歳！』を叫びつつ、手にした血刀をおのれの腹深く突き立てる。かくて、われらが屠つた奸臣の血は、われらの至純の血とまじはり、同じ天皇の赤子《せきし》の血として、陛下の御馬前に浄化されるのだ。

われらに苦痛はない。それは喜びと至福の死だ。しかしわれらは、肉にひしと抱擁される刃《やいば》を動かしつつ、背後に兵たちの一せいのすすり泣きを聞く。寝食を共にし、忠誠を誓ひ合ひ、戦場の死をわが手に預けてくれた愛する兵士たちの歔欷《きよき》を聴く。そのとき、世にも神《かむ》さびた至福の瞬間が訪れる。大元帥陛下は白馬から下り玉ひ、われらの若い鮮血がくれなゐに染めた雪の上に下り立たれる。そのおん足もとには、われらの今や死なんとする肉体が崩折《くづを》れてゐる。陛下は死にゆくわれらを、挙手の礼を以てお送りになる。

われらは遠ざからんとする意識のうちに、力をふるつて項《うなじ》を正し、竜顔をふり仰ぐ。さしも低く垂れ込めた雲が裂けて、一条の光りが、竜顔をあらたかに輝やかせる。そしてわれらは、死のきはに、奇蹟《きせき》を見るのだ。

思ひ見よ。

竜顔のおん頰に、われらの死を悼《いた》むおん涙が！

雲間《くもま》をつらぬく光りに、数条のおん涙が！

神がわれらの至誠に、御感《ぎよかん》あらせられるおん涙が！

われらの死は正《まさ》しく至福の姿で訪れる。……」

——私は、言葉を絶った川崎君の顔が、それまでの紅潮した頰を俄《にわ》かに失って、次第に怒りの極みの蒼白《そうはく》の色に移りゆくのをまざまざと見た。

彼の声にはもはや恍惚《こうこつ》のひびきはなく、戸外の嵐としらべを合するかの如《ごと》き、激越な、荒れ果てた、とめどもない暗い動揺があらわれ、その底にいいしれぬ悲調が流れて、聴く者の心を引裂いた。

「それはただの夢、ただの絵図、ただの幻であつた。すめろぎがもし神であらせられれば、二枚の絵図のいづれかを選ばれることは必《ひつ》定《ぢやう》だつた。あれほどまでの恋の至情が、神のお耳に届かぬ筈はなかつたからだ。又、すめろぎが神であらせられれば、あのやうに神々がねんごろに謀り玉うた神人対晤《たいご》の至高の瞬間を、成就せずにおすましになれる筈もなかつたからだ。かくも神々が明らかにしつらへ玉うた、救国の最後の機会を、みすみす逸し玉ふ筈もなかつたからだ。

そのころ陛下は暗い宮中をさすらひ玉ひ、扈従《こしよう》の人のものを憚《はばか》るやうな内奏に耳をすまされた。民草の不安は、病菌のやうに人々の手で運ばれて、宮廷風の不安に形を変へてすでに澱《よど》んでゐた。陛下はただちにかう仰せられた。

『日本もロシヤのやうになりましたね』

このお言葉を洩れ承つた獄中のわが同志が、いかに憤り、いかに慨《なげ》き、いかに血涙を流したことか！

二月二十六日のその日、すでに陛下は、陸軍大臣の拝謁《はいえつ》の際、

『今回のことは精神の如何《いかん》を問はず、甚だ不本意なり、国体の精華を傷つくるものと認む』

と仰せられた。

二十七日には、陛下はこのやうに仰せられた。

『朕が股肱《ここう》の臣を殺した青年将校を許せといふのか。戒厳司令官を呼んで、わが命を伝へよ。速やかに事態を収拾せよ、と。もしこれ以上ためらへば、朕みづから近衛《このゑ》師団をひきゐて鎮圧に当るであらう』

同じ日に、われらを自刃《じじん》せしむるため、勅使の御差遣を願ひ出た者には、

『自殺するならば勝手に自殺させよ。そのために勅使など出せぬ』

と仰せられた。

陛下のわれらへのおん憎しみは限りがなかつた。佞臣《ねいしん》どもはこのおん憎しみを背後に戴《いただ》き、たちまちわれらを追ひつめる策を立てた。

二十八日に出された奉勅命令は、途中で握りつぶされてわれらの目に触れず、この無辜《むこ》の抗命がたちまちわれらを、天皇に対する叛逆の罪に落した。

陛下のおん憎しみは限りがなかつた。

軍のわれらの敵はこれに乗じて、たちまち暗黒裁判を用意し、われらの釈明はきかれる由《よし》なく、はやばやと極刑が下された。
かくてわれらは十字架に縛《ばく》され、われらの額と心臓を射ち貫《ぬ》いた銃弾は、叛徒のはづかしめに汚れてゐた。
このとき大元帥陛下の率ゐたまふ皇軍は亡《ほろ》び、このときわが皇国の大義は崩れた。
赤誠の士が叛徒となりし日、漢意《からごころ》のナチスかぶれの軍閥は、さへぎるもののない戦争への道をひらいた。
われらは陛下が、われらをかくも憎みたまうたことを、お咎《とが》めする術《すべ》とてない。
しかし叛逆の徒とは！　叛乱とは！　国体を明らかにせんための義軍をば、叛乱軍と呼ばせて死なしむる、その大御心に御仁慈はつゆほどもなかりしか。
こは神としてのみ心ならず、
人として暴を憎みたまひしなり。
鳳輦《ほうれん》に侍するはことごとく賢者にして
道のべにひれ伏す愚かしき者の
血の叫びにこもる神への呼びかけは
つひに天聴に達することなく、

陛下は人として見捨てたまへり、
かの暗澹《あんたん》たる広大なる貧困と
青年士官らの愚かなる赤心を。
わが古き神話のむかしより
大地の精の血の叫び声を凝り成したる
素戔嗚尊《すさのをのみこと》は容《い》れられず、
聖域に馬の生皮を投げ込みしとき
神のみ怒りに触れて国を逐《お》はれき。
このいと醇乎《じゅんこ》たる荒魂《あらみたま》より
人として陛下は面《おもて》をそむけ玉ひぬ。
などてすめろぎは人間《ひと》となりたまひし」
…………………………………………。

歌うにつれて、声は一つ加わり、又一つ加わって、この会のはじめの帰神《かむがかり》のときと同様、それは雄々しいあまたの声の合唱になった。そして潮《うしお》のうねりのように、ひとたび合唱が参列者の耳を占めるにいたると、もう独り語りの神の声は聴き分けられることがなかった。

川崎君の手拍子は、この歌の中程ではじまった。それは以前の戯《ざ》れ歌《うた》のときのように急調子で打《う》ち囃《はや》されることはなく、云《い》うに云われぬ暗い拍子が、彼の薄い掌のうちから放たれ、歌のおわりに近づくに従って、拍子は重たく倦《たゆ》げになり、ついに歌の果てると共に絶えた。

そのとき私は、急に川崎君の口から発せられた異様なひびきに愕《おどろ》かされた。それは鬼哭《きこく》としか云いようのない、はげしい悲しみの叫びであった。彼はそれまで一度も崩さずにいた膝《ひざ》のまま、畳に打ち伏して、身をよじって哭《な》きはじめた。私は今まであのような、痛切な悲しみに充《み》ちた慟哭《どうこく》の声をきいたことがない。畳に伏した川崎君の白衣の背は、苦しみに身悶《みもだ》えするように複雑な皺《しわ》をうごかし、彼は畳に左の頬をすりつけるかと思うと、右の頬をすりつけて泣き喚《おら》び、ために畳の目に彼の涙があふれるのが見られるまでになった。

木村先生は黙然と腕を組んで、この若い盲目の神主に憑《かか》った神の、地をゆるがすような慟哭のさまを見つめておられた。

それがずいぶん久しいあいだ、つづいたような気がする。

悲しみの哭き声は嵐に乗って、戸外へさまよい出るようであった。それというのも、哭き声は自然の風雨と質を等しくするものの如く、吹きめぐる風音にまじってきこえる鬼哭は、その風の源の南の海から、もはや川崎君の声帯を介さずに、じかに私どもすべての耳に届いたかのように感じられた。

五

川崎君の哭き声がようよう納まったとき、私は俄《にわ》かに総身の力が抜けるのを覚え、今宵の神事もこれでおわりであろう、この深い感銘は、記録にのこして後世に伝えるべきである、と考えていた。

木村先生も同じお考えであったと見え、

「実に銘肝すべき夜である。神霊がこれほどの重大事を告げるために、われわれを選び玉うたことは、かえすがえすも忝《かたじ》けないことである。では、すでに神上《かむあが》りましたと思われるから、直会《なおらい》に移って、そこでゆっくり今宵の感銘を語り合いましょう」

と言われて、案内のために、先に立上られた。

先生は大体屈強な方で、お年より十も若く見る人もあるくらいであるが、その先生が立上ると同時に、眩暈《めまい》を起されたように、よろよろとされ、柱にすがって、柱に額を押しあてて、眩暈の静まるのを待つような動作をされた。

本来このようなとき、参会者がすぐ立上ってお体を支えるのが自然であるのに、誰一人そうしなかったところを見ると、それを見ながら、固く身を縛《いま》しめられたように動けなくなったのは、私だけではなかったらしい。

その間《かん》ほんの十秒ばかりのことであるが、ふと縛《ばく》を解かれた感を覚えて、私がかたわらのN氏を促して先生を御介抱申上げようとしたときには、すでに先生は元の座へ戻られ、何事もなく元のように坐《すわ》っておられた。そして只今《ただいま》神変不思議のことがあった、と仰言《おっしゃ》られては、もはや直会《なおらい》どころではなくなった。

先生が言われるには、

「今立上ったとき、突然、強い潮の香をきいたように思うと、あとはわからなくなってしまった。

気がついてみれば、自分は竜巻のごときものに運ばれて、月の押し照る海上へ来ているのである。

何やら海上がざわめいているが、それは船が航行しているのでもなく、難破船を救助しようと人が集まっているのでもない。そのざわめきは明らかに、人ならぬものの声である。

私は直ちに、軍服の胸を血に染めた陸軍士官の一団を認めて、そのほうへ海上を駈け寄った。海のおもては、あたかも毛足の長い濃紺の絨毯《じゅうたん》の上を歩くように、自由に歩行ができるのである。

私はその前にひれ伏して、

『先程尊くも神下《かむくだ》りましたのは、どちらの御魂《おんみたま》にましますか』

とお伺いを立てた。

いずれも凜々《りり》しい若々しい神霊であったが、おん顔《かんばせ》を見交わして、やがてその一柱が、月光に微笑をにじませるが如く、ほのかにこう答えられた。

『それは問ふな。われらのうちのどの一柱でもよからう。われらは志を同じくする者である』

その御答に何となく充ち足りぬ思いでいると、別の一柱が沖つ方を指さして、

『おお、われらの弟神たちがやって来た』

と朗らかに仰《おお》せられた。私が沖のほうを見渡したところでは、ただ茫々《ぼうぼう》たる水平線が月光に融《と》け入っているのが見られるばかりで、それらしいものは何も見えない。

『弟神とはいかなるおん魂《みたま》にましますか』

と伺うと、

『われらに次いで、裏切られた霊である。第二に裏切られた霊である』

と、どの一柱からともなく沈痛なお答があった。

見ればすでに一二丈先に、神霊の一団がおぼろげに、半ば月光に透かされて佇《たたず》んでおられる。いずれも飛行服を召し、日本刀を携え、胸もとの白いマフラーが血に染っている。

そのうちの一柱がこちらへ立寄られるのを感じたときに、はっと目がさめた。

――すでに私はもとのごとくここに坐っているが、その間どれほどの時が経《た》っていようか」

私は直ちに十秒ほどの間と思われると申上げ、木村先生はこれをきいて大いにおどろかれた。

「今宵は神霊が、どのようにしてもわれわれをお手離しにならぬとみえる。これも御奉公であるから、自分は息のつづく限り勤める決心であるが、諸君も千載一遇の機会ゆえ、帰宅を諦《あき》めるくらいの気持でおってもらいたい」

と先生が言われるのに、参会者一同は少しも異存がなく、目をかがやかし、膝を引き締めて、次に起るべき霊異を待った。

この間《かん》、川崎君は哭《な》き声《ごえ》をやめてから、畳に打ち伏したまま、軽いいびきを立てて、前後不覚の眠りに沈んでいた。参会者の一人が、川崎君が風邪でも引かれぬように、掻巻《かいまき》を運んで掛けてあげるべきかを先生に諮《はか》ったが、そのままにしておくように、というきついお言葉であったので、差控えた。

先生はいつになく厳しい目でその寝姿を見下ろしておられたが、やおら石笛《いわぶえ》を取上げられると、喨々《りょうりょう》と吹鳴らされた。

石笛の吹奏はものの五分間ほども空《むな》しくつづき、川崎君は目ざめる気配がなかった。彼がいかに疲労困憊《こんぱい》し、いかに全精神全体力を捧《ささ》げつくしたかをよく知る私は、同情を禁じえなかったが、憑《よ》り坐《ま》す神はいずれそのような事情には斟酌《しんしゃく》なく、磐石《ばんじゃく》のように彼の華車《きゃしゃ》な体にのしかかり玉う筈であった。

さるほどに、川崎君はようやく目ざめたらしく、身を半ば起して、一杯の水を所望した。参会者の一人が木村先生の黙諾を得て、コップに一杯の水を持ってきた。この間《かん》も先生の笛の音《ね》はつづいていた。

人々の見つめるうちを運ばれてきた一杯の水は、コップのなかに澄み渡って神秘に見えた。川崎君はこれを一口含むとうまそうに嚥《の》み下したが、水はコップの三分の二ほどなお残っていた。

彼が二口目の水を飲もうと口に含んだとき、水が気管に流れ込んだかして、激しく噎《む》せ、しぶきを上げて吹き出された水は、彼の白衣の襟にしたたった。

これを拭《ぬぐ》ってあげようとした人を、木村先生が手を振って激しく制止されたと見る間《ま》に、それまで夢みるようであった川崎君の顔は、さきほどの神霊とは明らかにちがう、しかし同じく凜々しい、圭角《けいかく》のある、男らしい顔に変貌《へんぼう》した。

六

「さきほど海上で拝した弟神のみたまにましますか」

と先生は、笛を吹き止めて、伺われた。

「さうだ。われらは戦《いくさ》の敗れんとするときに、神州最後の神風《かみかぜ》を起さんとして、命を君国に献《ささ》げたものだ」

と朗々たるお答があった。私はさきほど先生が霊視された飛行服に血染めのマフラーの神霊のお姿と思い合せ、このたびは特別攻撃隊の勇士の英霊が憑《かか》りたもうたのを知った。——

「何ゆえにおん魂《みたま》も亦《また》、裏切られ玉うたのでありますか」

と先生は怖《おそ》れげもなく問われた。

「それはわれらの物語をきいてさとるがよい。

われらは比島のさる湾《いりうみ》に、敵の機動部隊を発見して、われが指揮官たる、爆装機五、直掩機《ちよくえんき》四の編隊全機が、これに突入して、空母一、巡洋艦一、轟沈《がうちん》の戦果をあげた者である。

われらはそれぞれの進撃コースを航空図に書き込んで、進発した。この死の朝のために、陛下の御馬前に討死する誉れの日のために、われらは半年の特殊訓練にいそしんだ。そのあひだ死はいつも眼前にあつた。

われらは兄神たちの生きた日とは、あまりにもちがふ日々に生きてゐた。日本の敗色は濃く、われらの祖国はすでに累卵《るいらん》の危《あやふ》きにあつた。巨大な太陽の円盤は沈みかかり、一つの国民が精魂こめてつくり上げた精神の大建築、その見えざる最美最善の神殿は、檜の香《ひのきか》も衰へ、壁は破《や》れ、今しも頽《くづ》れ落ちて土に帰さうとしてゐた。それはわれらの祖先《みおや》から、受けつぎ、ひろめて、築き上げた、清らかな巨大な宮居であり、そこに住む者は神人の隔てなく、人も身を潔《きよ》めてここに入れば、ただちに神に参ずることのできる場所であつた。

もちろんわれらは、その宮居をこの目で見たことはなかつた。ましてこの身がそこに住んでゐると感じたことはなかつた。しかしそれがこの日本の、どこかに存在することは信じてゐた。それこそは兄神たちが国体と呼び、そのために血を流したところのものだ。

われらは最後の神風たらんと望んだ。神風とは誰が名付けたのか。それは人の世の仕組が破局にをはり、望みはことごとく絶え、滅亡の兆《きざし》はすでに軒の燕《つばめ》のやうに、わがもの顔に人々のあひだをすりぬけて飛び交はし、頭上には、ただこの近づく滅尽争を見守るための清麗な青空の目がひろがつてゐるとき、……突然、さうだ、考へられるかぎり非合理に、人間の思考や精神、それら人間的なもの一切をさはやかに侮蔑《ぶべつ》して、吹き起つてくる救済の風なのだ。わかるか。それこそは神風なのだ。

われらの敵撃滅のはげしい昂《たか》ぶりは、その雄々しい決意は、あるひは神風を神風たらしめるものから、もつとも遠いものであつたかもしれない。

われらは絶望と情熱の二つに、それぞれ等分に住まねばならなかつた。なぜなら特別攻撃隊とは、絶望が生んだ戦術であり、しかも訓練と死への決意に、絶望のひそむ余地はなかつたからだ。

半年のあひだ、われらはいかに巧みに、いかに効率多く、いかに精密に死ぬかといふ訓練を受けてゐた。死はいつもわれらの眼前にあり、人々はわれらを生きながらの神と呼んだ。

人々がわれらを遇する遇し方には、何か特別の敬意と恥らひがあつた。上官たちもわれらに対するとき、そのいかめしい唇に恥らひの微笑をうかべてゐた。生き残る者の耐へがたい恥らひの。

その月日、われらが栄光を思はずに生きたと云つては、いつはりになる。

ある日、二〇一空飛行長は、総員集合を命じて、かう言つた。

『神風特別攻撃隊の出撃を聞こし召されて、軍令部総長に賜はつた御言葉を伝達する』

一同は踵《かかと》を合はせて、粛然とした。飛行長は捧持してゐた電報をひらいて読み上げた。

『陛下は神風特別攻撃隊の奮戦を聞こし召されて、次の御言葉を賜はつた。

《そのやうにまでせねばならなかつたか。しかしよくやつた》』

そして飛行長はおごそかにつづけた。

『この御言葉を拝して、拝察するのは、畏《おそ》れながら、我々はまだまだ宸襟《しんきん》をなやまし奉つてゐるといふことである。我々はここに益々《ますます》奮励して、大御心《おほみこころ》を安んじ奉らねばならぬ』

われらは兄神のやうな、死の恋の熱情の焰は持たぬ。われらはそもそも絶望から生れ、死は確実に予定され、その死こそ『御馬前の討死』に他ならず、陛下は畏れ多くも、おん悲しみと共にわれらの死を嘉納される。　それはもう決つてゐる。　われらには恋の飢《き》渇《かつ》はなかつた。

われらの熱情は技術者の冷静と組み合はされ、われら自身の死の有効度のための、精密な計算に費やされてゐた。われらは自分の死を秤《はかり》にかけ、あらゆる偶然の生を排して、そのこまかい数値をも、あらかじめ確実に知らうとしてゐた。ああ、時折、生はいかにも偶然を装つて、一疋《ぴき》の蠅《はへ》のやうに、その計量を邪魔しに飛んで来たものだつた。未来から偶発的な生を一切取除くこと。生のほんのかすかな浸潤でさへ、われらの死の有効性を奪ふやうにしか働らかぬからだ。

われらもそれらの日々、兄神と同じく、時折、遠い、小さい、清らかな神のことを考へた。しかしその神との黙契は明らかであつたから、距離をいそいでつづめようと思ふこともなかつた。いづれにしろ、われらにはそんな暇がなかつた。もしかすると、今からして一刻一刻それに近づき、最後には愛機の加速度を以《もつ》て突入してゆく死、目ざす敵艦の心臓部にありありとわれらを迎へて両手をひろげて待つであらう死、その瞬間に、われらはあの、遠い、小さい、清らかな神のおもかげを、死の顔の上に見るかもしれなかつた。そのとき距離は一挙にゼロとなり、われらとあの神と死とは一体になるであらう。そのやうに、冷静に計算されて、最後の雄々しい勇気をこれに加へて、われらはやすやすと、天皇陛下と一体になるであらう。

われらはもはや神秘を信じない。自ら神風となること、自ら神秘となることとは、さういふことだ。人をしてわれらの中に、何ものかを祈念させ、何ものかを信じさせることだ。その具現がわれらの死なのだ。

しかしわれら自身が神秘であり、われら自身が生ける神であるならば、陛下こそ神であらねばならぬ。神の階梯《かいてい》のいと高いところに、神としての陛下が輝いてゐて下さらなくてはならぬ。そこにわれらの不滅の根源があり、われらの死の栄光の根源があり、われらと歴史とをつなぐ唯一《ただ》条の糸があるからだ。そして陛下は決して、人の情と涙によつて、われらの死を救はうとなさつたり、われらの死を妨げようとなさつてはならぬ。神のみが、このやうな非合理な死、青春のこのやうな壮麗な屠殺《とさつ》によつて、われらの生粋の悲劇を成就させてくれるであらうからだ。さうでなければ、われらの死は、愚かな犠牲にすぎなくなるだらう。われらは戦士ではなく、闘技場の剣士に成り下るだらう。神の死ではなくて、奴隷《どれい》の死を死ぬことになるだらう。……

訓練のあひだ、われらは『葉隠』を繙《ひもと》き、次のやうな章句を殊《こと》に愛してゐた。

『凡《およ》そ修行は、大高慢にてなければ役に立たず候《さうらふ》。我一人して御家を動かさぬとかからねば、修行は物にならざるなり』

『武勇と云ふことは、我は日本一と、大高慢にてなければならず』

『武士道は死狂ひなり。一人の殺害を数十人して仕かぬるもの、と直茂公も仰《おほ》せられ候。本気にては大業はならず。気違ひになりて死狂ひするまでなり。又武士道に於《おい》て分別出来《いでく》れば、早後《おく》るるなり。忠も孝も入らず、武道に於ては死狂ひなり。この内に忠孝は自《おのづか》ら籠《こも》るものなり』

『中道《ちゆうだう》は物の至極なれども、武辺は、平生にも人に乗越えたる心にてなくては成るまじく候』

われらは、大高慢で、死狂ひで、中道を外れてゐた。

——さてわれらは進発した。

今日首尾よく死ぬことができるであらうか。

敵艦を発見せずに空《むな》しく帰還し、又ふたたび、あの劇的な訣別《けつべつ》を受けて出撃することは耐へられぬ。われらはただひたすらに死の幸運を祈つた。

編隊は山々や密林をあとにして東へ進んだ。われらは二度と見ることはあるまい美しい波打際《なみうちぎは》に林立する椰子《やし》の林を見た。浅瀬の淡い緑を透かす白砂は、環礁《くわんせう》の淡紅に移つてゆき、そのまはりの紫がかつた紅《あか》い海は、黄に、緑に、やがて深海の紺碧《こんぺき》に変って行った。この美しい五彩の海は、戦ひのうちに、いつも飛行機乗りの目の慰めになった。よく見ておかう。この夕焼け雲のやうな海の色を、心にとどめておかう。編隊は敵の防禦《ぼうぎょ》戦闘機の上空を乗り越すため、数千メートルの高々度へ上って行った。酸素吸入器から、口腔《こうかう》に冷ややかに感じられる酸素が流れ込んだ。これが最後の浄《きよ》らかな食事なのだ。

やがて前方はるかの海上にうかぶいくつかの黒点を、はつきりと確かめたとき、この幸運に心が躍った。熱帯の青い海の只中にあらはれた、数点のわれらの死。はやばやと流れる白い雲があるので、その雲間《くもま》に見えつ隠れつしてゐる黒点は、われらに媚《こ》びの目《ま》ばたきを送ってゐるかのやうだ。

指揮官機の針路をこれへ向ける。黒点は、今や敵機動部隊が空母を中心に、白波にふちどられて進んでゆく形を明瞭《めいれう》にとった。ここから見るかれらの進行ののろさ、そのものうい程どの動き。

エンジンが入れられる。爆音が高鳴る。全速力となる。

掩護隊《えんごたい》は敵の戦闘機に備へて隊形を開き、護衛の配備に就く。

敵戦闘機は、一せいに、放たれた羽虫の群のやうに上昇してくる。

わが目標は一点のみ。敵空母のリフトだけだ。

爆弾の信管の安全ピンを抜き、列機に突撃開始の合図を送る。あとは一路あるのみだ。
機首を下げ、目標へ向つて突入するだけだ。狙《ねら》ひをあやまたずに。
そして、勇気とは、ただ、
見ることだ
見ることだ
一瞬も目をつぶらずに。
怖ろしい加速度で風を切る翼は、かがやく鉄の青空を切り裂くやうな音を立てる。
空母はいつせいに防禦砲火を炸裂《さくれつ》させ、砲煙に包まれ、寸前まであきらかに見えてゐたあの学校の放課後の運動場のやうな、のどかな上甲板の一枚の板はおぼろに霞《かす》む。
しかしそれはひろがることを決して止めない。一瞬一瞬、はじめ小さなビスケットの大きさであつたものが、皿になり、盆になり、俎板《まないた》になり、……ほとんど戯《たはむ》れてゐるかのやうに、ひろがることを決してやめずに、……テニスコートになり、放課後の運動場になり、さうして砲煙に包まれたのだ。
砲煙のなかに、黄いろい牡丹《ぼたん》のやうに砲火が花咲く。砲煙が薄れる。空母は正《まさ》しく、空母以外の何ものでもない空母の実体になる。

見ることだ。

眥《まなじり》を決して、ただ見ることだ。

空母のリフト。あそこまでもうすぐ達する。全身は逆様に、機体とわが身は一体になり、耳はみみしひ、痛みもなく、白光に包まれてひたすら遠ざからうとする意識、その顫動《せんどう》する白銀の線を、見ること一つに引きしぼり、明晰《めいせき》さのために全力を賭《か》け、見て、見て、見て、見破るのだ。

空母のリフトは何と遠いことか。そこまですぐに達する筈の、この加速度は何とのろいことか。わが生の最後のはての持時間には、砂金のやうに重い微粒子が詰つてゐる。

銃弾が胸を貫ぬき、血は肩を越えて後方へ飛び去つた。衝撃だけが感じられ、痛みはない。しかしこの衝撃の感じこそは意識の根拠であり、今見てゐるものは決して幻ではないことの確証だ。

そのリフトに人影が見える。

あれが敵だ。敵は逃げまどふ。大手をひろげて迎へる筈の死の姿はどこにもない。

確実にあるのはリフトだけだ。それは存在する。それは見えるのだ。

……そして命中の瞬間を、つひに意識は知ることがなかつた」

——川崎君はここで言葉を絶った。

それまでただ心を奪われてきいていた私どもは、川崎君の蒼《あお》ざめて喘《あえ》ぐ苦しげな姿にはじめて気づいた。神霊はこの盲目の青年の肉体を借りて、その内部を思うさま荒廃させてしまったのにちがいない。しかしなお、神霊はすこしも容赦せず、彼を駆使して、神々の怒りと慨《なげ》きを伝えようとされるのであった。

七

ついで川崎君の口から放たれた声は、今しがたまでの凜然《りんぜん》とした若々しい声とは、似ても似つかぬ声であった。

私は今度は別の神霊が宿ったのかと考えたが、そうではなかった。底には同じ音色《ねいろ》が流れ、ただ悲しみと慊《うれた》みが、声にあたかも錆《さ》びた鉄鎖を引きずるような、異様な響きを添えているのであった。

「……かくてわれらは死後、祖国の敗北を霊界からまざまざと眺めてゐた。

今こそわれらは、兄神たちの嘆きを、我が身によそへて、深く感じ取ることができた。兄神たちがあのとき、吹かせようと切に望んだものも亦《また》、神風《かみかぜ》であつたことを。あのとき、至純の心が吹かせようとした神風は吹かなかつた。何故《なぜ》だらう。あのときこそ、神風が吹き、草木はなびき、血は浄められ、水晶のやうな国体が出現する筈《はず》だつた。

又われらが、絶望的な状況において、身をなげうつて、吹かせようとした神風も吹かなかつた。何故だらう。

日本の現代において、もし神風が吹くとすれば、兄神たちのあの蹶起《けっき》の時と、われらのあの進撃の時と、二つの時しかなかつた。その二度の時を措《お》いて、まことに神風が吹き起り、この国が神国であることを、自ら証《あか》する時はなかつた。そして、二度とも、実に二度とも、神風はつひに吹かなかつた。

何故だらう。

われらは神界に住むこと新らしく、なほその謎《なぞ》が解けなかつた。月の押し照る海上を眺め、わが肉体がみぢんに砕け散つたあたりをつらつら見ても、なぜあのとき、あのやうな人間の至純の力が、神風を呼ばなかつたかはわからなかつた。

曇り空の一角がほのかに破れて、青空の片鱗《へんりん》が顔をのぞかすやうに、たしかにこの暗い人間の歴史のうちにたつた二度だけ、神の厳《いつく》しきお顔が地上をのぞかれたことがある。しかし、神風は吹かなかつた。そして一群の若者は十字架に縛《ばく》されて射たれ、一群の若者はたちまち玩具に堕する勲章で墓標を飾られた。何故だらう。

しかも、あとから見れば、兄神も、われらも、不吉な死と頽廃《たいはい》を告げる使者のやうに、蒼《あを》ざめた馬に乗つて、この国を駆け抜けたのだ。兄神たちはその死によつて、天皇の軍隊の滅亡と軍人精神の死を体現した。われらは死によつて、日本の滅亡と日本の精神の死を体現したのだ。兄神たちも、われらも、一つの、おそろしい、むなしい、みぢんに砕ける大きな玻璃《はり》の器の終末を意味してゐた。われらがのぞんだ栄光の代りに、われらは一つの終末として記憶された。われらこそ暁、われらこそ曙光《しよくわう》、われらこそ端緒であることを切望したのに。

何故だらう。

何故われらは、この若さを以て、この力を以て、この至純を以て、不吉な終末の神になつたのだらう。曙光でありたいと冀《こひねが》ひながら、荒野のはてに、黄ばんだ一線になつて横たはる、夕日の最後の残光になつたのだらう。

……何故だらう。

しかしだんだんに、われらにはわかつてきた。

天皇制は列国の論議のうちに、風に揺られる白い辛夷《こぶし》の花のやうに、危険な青空へ花冠をさしのべてゆらいでゐた。昭和二十年の晩秋、幣原《しではら》首相は拝謁の際、陛下に次のやうなお言葉を承つた。

『昔、ある天皇が御病気に罹《かか》られた。天皇御自身が、医者を呼べと仰《おほ》せられると、宮中の者たちは、神であらせられる玉体に、医者ごときが触れ奉るはおそれ多いと、医者も呼ばず、薬もさしあげず、御病気は悪化して亡《な》くなられた。とんでもないことではないか』

このお言葉によつて陛下は、民主主義日本の天皇たるには、神格化を是正せねばならぬと暗示されたのである。

陛下の前に立つてゐたのは、いろいろ苦労を重ねてきた立派な忠実な老臣だつた。軍隊ときくだけで鳥肌立つ、深い怨《うら》みから生れた平和主義者、皺《しわ》だらけの自由と理性の持主、立派なイギリス風の老狐《ろうこ》だつた。昭和のはじめから、陛下がもつとも信頼を倚《よ》せたまうてゐた一群の身じまひのいい礼儀正しい紳士たちの一人だつた。彼は恐懼《きようく》して、かう申上げた。

『国民が陛下に対し奉り、あまり神格化扱ひを致すものでありますから、今回のやうに軍部がこれを悪用致しまして、こんな戦争をやつて遂《つひ》に国を滅ぼしてしまつたのであります。この際これを是正し、改めるやうに致さねばなりません』

陛下には静かに肯《うなづ》かれ、

『昭和二十一年の新春には一つさういふ意味の詔勅を出したいものだ』

と仰せられた。

一方、その十二月の中頃、総司令部から宮内省に対して、

『もし天皇が神でない、といふやうな表明をなされたら、天皇のお立場はよくなるのではないか』

との示唆《しさ》があつた。

かくて幣原は、改めて陛下の御内意を伺ひ、陛下御自身の御意志によつて、それが出されることになつた。

幣原は、自ら言ふやうに『日本よりむしろ外国の人達に印象を与へたいといふ気持が強かつたものだから、まづ英文で起草』したのである。

その詔書の一節には、英文の草稿にもとづき、かう仰せられてゐる。

『然《しか》れども朕《ちん》は爾等《なんぢら》国民と共に在り、常に利害を同じうし休戚《きうせき》を分たんと欲す。朕と爾等国民との間の紐帯《ちうたい》は、終始相互の信頼と敬愛とに依《よ》りて結ばれ、単なる神話と伝説とに依りて生ずるものに非《あら》ず。天皇を以て現御神《あきつみかみ》とし、且《かつ》日本国民を以て他の民族

に優越せる民族にして、延《ひい》て世界を支配すべき運命を有すとの架空なる観念に基くものにも非ず』

……今われらは強ひて怒りを抑へて物語らう。

われらは神界から逐一を見守つてゐたが、この『人間宣言』には、明らかに天皇御自身の御意志が含まれてゐた。天皇御自身に、

『実は朕は人間である』

と仰せ出されたいお気持が、積年に亘《わた》つて、ふりつもる雪のやうに重みを加へてゐた。それが大御心《おほみこころ》であつたのである。

忠勇なる将兵が、神の下された開戦の詔勅によつて死に、さしもの戦ひも、神の下された終戦の詔勅によつて、一瞬にして静まつたわづか半歳《はんとし》あとに、陛下は、

『実は朕は人間であつた』

と仰せ出されたのである。われらが神なる天皇のために、身を弾丸となして敵艦に命中させた、そのわづか一年あとに……。

あの『何故か』が、われらには徐々にわかつてきた。

陛下の御誠実は疑ひがない。陛下御自身が、実は人間であつたと仰せ出される以上、そのお言葉にいつはりのあらう筈はない。高御座《たかみくら》にのぼりましてこのかた、陛下はず

つと人間であらせられた。あの暗い世に、一つかみの老臣どものほかには友とてなく、たつたお孤《ひと》りで、あらゆる辛苦をお忍びになりつつ、陛下は人間であらせられた。清らかに、小さく光る人間であらせられた。

それはよい。誰が陛下をお咎《とが》めすることができよう。

だが、昭和の歴史においてただ二度だけ、陛下は神であらせられるべきだつた。何と云はうか、人間としての義務《つとめ》において、神であらせられるべきだつた。この二度だけは、陛下は人間であらせられるその深度のきはみにおいて、正に、神であらせられるべきだつた。それを二度とも陛下は逸したまうた。もつとも神であらせられるべき時に、人間にましましたのだ。

一度は兄神たちの蹶起《けつき》の時。一度はわれらの死のあと、国の敗れたあとの時である。歴史に『もし』は愚かしい。しかし、もしこの二度のときに、陛下が決然と神にましましたら、あのやうな虚しい悲劇は防がれ、このやうな虚しい幸福は防がれたであらう。

この二度のとき、この二度のとき、陛下は人間であらせられることにより、一度は軍の魂を失はせ玉ひ、二度目は国の魂を失はせ玉うた。

御聖代は二つの色に染め分けられ、血みどろの色は敗戦に終り、ものうき灰いろはその日からはじまつてゐる。御聖代が真に血にまみれたるは、兄神たちの至誠を見捨てたまうたその日にはじまり、御聖代がうつろなる灰に充《み》たされたるは、人間宣言を下されし日にはじまつた。すべて過ぎ来しことを『架空なる観念』と呼びなし玉うた日にはじまつた。

われらの死の不滅は瀆《けが》された。……」

……………………。

声は慄《ふる》えて途切れたが、次に来たものは、川崎君の肉体があちこちと小突きまわされる怖ろしい情景であった。木村先生は容易ならぬ事態を見て、しきりに石笛《いわぶえ》でみたましずめを試みられたが、荒れ狂う神霊は静まるけはいもなかった。

明らかに今度は兄神たちも加わって、かわるがわる川崎君の口を借りたもうらしく、一言一言の声質はそのたびに変り、いかなる魂《みたま》の叫びか跡を辿《たど》ることができなかった。

私どもは壁際に身を避けて、畳の上を立ちつ居つ叫びながら身を捩《よ》る川崎君の姿を、暗然と見守るほかはなかった。その顔は蒼《あお》ざめて死人のようであった。神霊たちの言葉は、あるときは怒号になり、あるときは意味のとれぬ断片になり、あるときは歌になった。室内の置物はみな震動し、床の間の掛軸の風鎮はあまたたび壁に当って、壁土を白く弾《はじ》いた。

戸外では、目に見えぬ巨大なものが立上ったかのように、嵐は絶頂に達した叫喚をあげ、雨戸も窓も休みなく鳴りつづけていた。

「ああ、ああ、嘆かはし、憤《いきどほ》ろし」

「ああ」

「ああ」

「そもそも、綸言《りんげん》汗のごとし、とは、いづこの言葉でありますか」

「神なれば勅により死に、神なれば勅により軍《いくさ》を納める。そのお力は天皇おん個人のお力にあらず、皇祖皇宗のお力でありますぞ」

「ああ」

「ああ」

「もしすぎし世が架空であり、今の世が現実であるならば、死したる者のため、何ゆゑ陛下ただ御《ご》一人《いちにん》は、辛《つら》く苦しき架空を護《まも》らせ玉はざりしか」

「陛下がただ人間《ひと》と仰せ出されしとき
神のために死したる霊は名を剝脱《はくだつ》せられ
祭らるべき社もなく
今もなほうつろなる胸より血潮を流し

神界にありながら安らひはあらず」
「日本の敗れたるはよし
農地の改革せられたるはよし
社会主義的改革も行はるるがよし
わが祖国は敗れたれば
敗れたる負目《おひめ》を悉《ことごと》く肩に荷《にな》ふはよし
わが国民はよく負荷に耐へ
試煉《しれん》をくぐりてなほ力あり。
屈辱を嘗《な》めしはよし、
抗すべからざる要求を潔《いさぎよ》く受け容れしはよし、
されど、ただ一つ、ただ一つ、
いかなる強制、いかなる弾圧、
いかなる死の脅迫ありとても、
陛下は人間《ひと》なりと仰せらるべからざりし。
世のそしり、人の侮《あなど》りを受けつつ、
ただ陛下御《ご》一人《いちにん》、神として御身を保たせ玉ひ、

そを架空、そをいつはりとはゆめ宣《のたま》はず、
（たとひみ心の裡《うち》深く、さなりと思《おぼ》すとも）
祭服に玉体を包み、夜昼おぼろげに
宮中賢所《かしこどころ》のなほ奥深く
皇祖皇宗のおんみたまの前にぬかづき、
神のおんために死したる者らの霊を祭りて
ただ斎《いつ》き、ただ祈りてましまさば、
何ほどか尊かりしならん。
などてすめろぎは人間《ひと》となりたまひし。
などてすめろぎは人間となりたまひし」

…………。

いくそたびこの畳句がくりかえされたか、川崎君は手拍子を以て、次第にひろがる大合唱を追っていたが、追いきれなくなるにつれて、手拍子も乱れてきた。

ついに彼の口は、ただ譫言《うわごと》のように畳句のみをくりかえし、力も尽き、声も涸《か》れて、そこにはみじんも猛々《たけだけ》しいますらおの声のひびきは窺《うかが》われなくなり、ただひよわい盲目の青年の絶え絶えな声のみがあとに残った。

手拍子もかすかになり、声もきこえるかきこえぬかになったとき、川崎君は仰向けに倒れ、動かなくなった。

私どもは、雨戸の隙《ひま》からしらしらあけの空の兆を知って、ついに神々の荒魂《あらみたま》は神上《かむあが》りましたと確信することができた。

木村先生が川崎君をゆすり起そうとされて、その手に触れて、あわてて手を離された。何事かを予感した私どもはいそぎ川崎君の体を取り囲んだ。盲目の青年は死んでいた。

死んでいたことだけが、私どもをおどろかせたのではない。その死顔が、川崎君の顔ではない、何者とも知れぬと云おうか、何者かのあいまいな顔に変容しているのを見て、慄然《りつぜん》としたのである。

——本篇は左記の諸著に拠《よ》る処《ところ》多し。

幣原平和財団編「幣原喜重郎」
住本利男氏著「占領秘録」
猪口力平・中島正両氏著「神風特別攻撃隊」
河野司氏著「二・二六事件」
橋本徹馬氏著「天皇と叛乱将校」
楳本捨三氏著「日本のクーデター」
高橋正衛氏著「二・二六事件の謎」
友清歓真氏述「霊学筌蹄」

解説

保阪正康

私は編集者時代に、作家・三島由紀夫に何回か会ったことがある。私が籍を置いていた出版社は、有楽町の日劇裏の朝日新聞社別館に入っていた。三階建ての建物で、編集部は最上階にあった。そこに、「A君はいるか」と三島はふらりと立ち寄ることがあった。背広を右手で肩にかけたラフな服装で、銀座で会合の予定があり少し早めに着いたので寄ったという。Aを交えて編集部員と気さくに雑談を交わした。

その出版社は作家の自作朗読をソノシートにして、シリーズとして売り出していた。Aは三島と交渉して了解を貰《もら》い、幾つかの作品を読んで貰ったような記憶がある。本当は『仮面の告白』が良かったんだけどと残念がっていた。結局シートに納めたのは、『旅の絵本』の中の一編だったように思う。昭和四十一（一九六六）年か四十二年ではなかったか。

私はある時期までの三島文学の熱心な愛読者だった。才能ある作家で、文体が完成された日本語のようでありそれが初めは興味の対象であったが、次第に潤《うるお》いのない文体に倦《あ》いてしまった。しかし実際に三島との雑談の輪に加わって、礼儀正しい、雑談が巧みで、あらゆることに関心を持っているタイプだったと知って驚いた。部員の中には食通もいれば、クラシック音楽に詳しい者、左翼運動に詳しい者、様々なタイプがいたが、三島はほとんどの話に応じていた。そういう幅の広さが、Aなどの編集者から信頼感を持たれていた理由だったのだろう。

昭和四十五年十一月二十五日、あの事件の当日の夜、三島が訪れていた頃の編集部員たちがかつての編集部に集まった。三島が撒《ま》いた檄文《げきぶん》を回し読みしながら、その中の自衛隊員の決起を促す一節に、「三島さんはあの頃からこんなことを考えていたのか」と私たちは首をひねった。他社の週刊誌編集部に移ったAが、「あの人は我々にそんなことを匂《にお》わせたりはしないよ。我々など、戦後民主主義に毒されていると思っていただろうからね」と呟《つぶや》いた。彼はよくエッセイを書いてもらっていたのである。

「三島さんは作家としての本意をどこに置いていたのだろうか」「心中では、文学と政治の関わりをどう考えていたのか」「この事件は三島さんの文学的評価にどう影響するだろうか」などと、私たちは話しあった。むろん結論は出ない。だが誰もが、作家として歴史に残るだろうが、その死は文学の評価とは別な形で語られることになるだろう、という点で一致した。特に私は、そのように残って欲しいと強く願った。

私は三島文学の全《すべ》ての作品を読破したわけではない。それでも、作品の七割は読んでいる。新潮文庫には三島作品が全部で三十三冊収められているという。そのうちで発行部数のベストスリーというのは、『仮面の告白』『潮騒《しおさい》』『金閣寺』だそうだ。次いで『花ざかりの森・憂国』『葉隠入門《はがくれ》』『豊饒《ほうじょう》の海（四部作）』が続く。どの作品がどういう文学的意味を持つかを分析するのは私の役割ではないが、私の見立てでは、いずれの作品にも三つの特徴が際立《きわだ》っているように思う。その三つとは以下のような点である。
①構成力（ストーリーの展開が説得力を持つ）
②語彙《ごい》の適確性（日本語の伝統とその現代化に細心の注意）
③人物の無機質さ（全ての登場人物が一定の枠に収まる）
こうした特徴は私の読んだ作品に通じていて、いわば都市ブルジョアジーの目で捉《とら》えた人間像のなかに収まっている。三島作品に登場する下層階級と思われる人物であっても、その性格や行動とてある枠組みの中にいる。三島の頭の中から生み出された

人物の、その姿が持つ無機質性こそ三島文学の本質である。これは『仮面の告白』や『金閣寺』の主人公にもそのまま当てはまるように思う。三島の才能は時代の中で生み出された面もあるだろうが、彼の持つ、人間を見つめる独自の感性にあると考えるべきなのであろう。

三島があの事件の折に書いた檄文は、ある意味で「起承転結」や「序破急」がしっかりしている。つまり三島の人生の歩みとそれがたどり着いた道筋を確かに説明している。三島文学が持つ三つの特徴がきちんと説明されているとも言える。このことは檄文自体が、自決を作家的良心に基づいての行動だったと裏付けているに他ならない。しかし同時にそれは、文学者としての三島が「歴史的存在」であるのに、国家主義的思想や軍事観を掲げた三島は、「同時代的存在」であると理解することを教えているのである。

私は、私の所属していた出版社の編集部で三島と会話を交わしていて、「歴史」と「同時代」が同居していることに気がついたのである。三島を同時代史に据えた時に、三島が「昭和」という時代と重なりあう事実は、実は大きな意味を持つ。三島の生年は大正十四（一九二五）年であった。

昭和と重なりあう世代、つまり満州事変の頃に小学校に入学し、日中戦争勃発《ぼっぱつ》の頃に旧制中学に入学し、そして太平洋戦争の時期に旧制高校から大学生生活を送っている。いわば少年期、青年期は戦争という時代である。こういう時代に社会的に優位に立つのは、いわば体力に自信があり、命令・服従に対応できるタイプである。いや有《あ》り体《てい》に言うなら、容易に国家の要請に応《こた》えられる従順型が前面に出てくると言うべきだ。

その点、三島はどうだったのか。二つの非時代的性格と一つの時代的性格を持っていたと解釈できるように思う。二つの非時代的性格とは、「文学的才能」と「体力不足」が挙げられるであろう。これらの性格は軍事体制のもとでは全くのマイナス要因である。その意味では青年期の三島は、まさに「非国民」であった。では一つの時代的性格とはどういう意味か。軍事主導のもとでの、日本浪曼《ろうまん》派への強い関心と言えるであろう。精神文化への強い思いいれである。

雑誌「文藝文化」に短編小説「花ざかりの森」が掲載されたのは、昭和十六年九月から十二月である。つまり十六歳の時だ。すでに天才少年と呼ばれる存在になっていた。この「文藝文化」には国文学者・蓮田《はすだ》善明《ぜんめい》などが関わっていた。あえて付け加えておけば、蓮田は敗戦後に、マラヤで連隊長が英米に媚態《びたい》を示すが如《ごと》き態度をとったことに怒り、射殺している。そして自らをも殺《あや》めた。この蓮田は、三島の才能を早い時期に見抜いていた。

蓮田らの仲間には、学習院で国語教師を務めていた清水文雄なども いた。清水の日記が平成二十八（二〇一六）年に刊行されたが、この日記には三島（当時は本名の平岡公威《きみたけ》）の名もしばしば出てくる。学習院高等科での師弟関係でもあり、三島は作品を書くたびに清水には見せていた節がある。

昭和十八年一月五日の記述である。

「午後一時半頃平岡公威君来宅。鬼界ヶ島の漁師の女千鳥（実は俊寛の女）を主人公とする小説の序段だけ出来たりと見せる。大分趣向の異なりたるものの如し。本格小説の体をなすものならん」（『清水文雄「戦中日記」―文学・教育・時局』笠間書院）

この小説は、その後に三島は清水に対して書簡を送り、途中で断念したことを告げている。昭和十九年七月一日の日記には、「平岡家から一升瓶が届いた」とあり、「公威君がもってきてくれた」という。今日から（学習院）高等科の文科の者が、舞鶴《まいづる》の海軍機関学校で軍隊生活をするので「今夜の古今集の会に出席出来ない」との伝言があったと書かれている。三島は、作家・中河与一の主催する同人会に誘われたがどうすべきかと相談もしている。

こうした動きを見ると、三島は日本の精神文化への回帰を主眼とする日本浪曼派の枠組みで、戦時社会を生きていたと言える。つまり十代の半ばからは「大東亜戦争の思想」と一体化していたのである。

先に述べた三島の「一つの時代的性格」とは、この事実を指しているのだ。そしてこれが檄文を書き自決した、あの事件と直結していった理由だとわかってくる。

今回、本書に収録された「酸模《すかんぽう》―秋彦の幼き思い出」は、三島の処女作になるが、これは十三歳の時の作品という。昭和十三年に書いたと言えるわけだが、日中戦争が始まった翌年になる。時代の空気は戦時色が一気に強まっていく時だ。国家総動員法が施行され、中国との戦争の方向がより一層明確になり、「暴支膺懲《ぼうしようちょう》（支那《しな》＝中国を懲《こ》らしめろ）」などのスローガンが街に貼《は》られるようにもなる。天皇の神格化と、天皇に命を捧《ささ》げるといった臣民意識が、より強く涵養《かんよう》されていく時である。

一読してわかる通り、この「酸模」という作品は、十三歳の少年の筆になるとは思えないほど深みをもった内容である。前述した三島作品の三要素（構成力、語彙、人物の無機質）がすでに出来上がっている。

では、この小説は何を言わんとしているのか。丘の真ん中に立つ灰色の家、つまり刑務所なのだが、そこから囚人の一人が脱獄する。その刑務所の近くで遊んでいる子供達は母親から、丘に近づいてはいけないと諭されるが、しかし六歳の主人公は迷子になり、森の中で泣いている時に脱獄囚と出会う。その脱獄囚は自ら刑務所に戻っていく。この作品のモチーフは、刑務所長と脱獄囚のやり取りの中にある。

「私は、今まで、理性で何事も処理出来る人間の中に本当の幸福があると思って居たのです」

これは脱獄囚のセリフである。そして事件後の刑務所長と警部のやりとりが、そのモチーフを補完している。

「あの男は理性を詛《のろ》っているのだ。理性に支配された人間を、機械だと罵《ののし》っているのだ」

「理性をとりまいている悪魔のとりことなり、その悪魔は彼にいろいろな事を教えました」

三島がここで訴えているのは、浪曼派の意識に対する高い評価である。前述の清水らの影響を受けたのかもしれない。あるいは、人間は理知的存在であるといった、欧米型の理性至上主義へ鋭い反撥《はんぱつ》を感じていたとも言える。それは取りも直さず、浪曼派への強い傾きである。昭和十三年は、彼らの文明観がもっとも力を持ってきた時でもあった。

これは私の見方になるのだが、三島はこの時代は「理性よ、さようなら、感性よ、こんにちは」をテーマにしていると見たのだ。理性や理知を超える精神文化を賛《たた》えている。同時に、「やはり感性はいつか敗れる、理性の前に」との意味をも含んでいるように思えてならない。しかしまだ十三歳である。理性の全否定にまで至っていない。少年の直観が「人間」を見ているのである。

ストーリーの展開に、特に末尾にはそれが言えるのだが、この作品は、時代の中で書かれ、時代の中で読み取るべき内容が多いように結論づけられるのだ。脱獄囚とは誰か、刑務所という空間は何を意味するのか。含蓄に富む内容である。

もう一点あげれば、「家族合せ」は『仮面の告白』の前年（昭和二十三年四月）に書かれた作品だという。『仮面の告白』はいうまでもなく、それぞれの人生が抱え込んでいる二重性ともいうべきテーマである。この「家族合せ」はそのモチーフの先取りとも言える。不貞を働いた母親の自殺、そしてやがて妹のもう一つの顔を知り、主人公も妹との肉欲じみた関係に入っていく。それは母親と同じように死につながる道との意味、実はそこに家族という血縁の不条理があると匂わせる。

この昭和二十三年、戦前の価値観は崩壊し、混乱期はあらゆる意味での価値紊乱《びんらん》の極に達していた。何かが解体してしまった戦後、三島はそれを人物の二重性に仮託し描くことで時代を切り取ってみせた。たとえば同時代の「アプレ犯罪」を描いた『青の時代』、いわゆる「通俗小説」にもそれが見える。しかし三島は己の中の、少年期、青年期の時代背景（それは日本社会の価値観が混乱していることへの強い怒りがあるのだろうが）への思いがいかに不快であるかを、自覚し、それをそのつど作品として発表していたのであろう。

三島はその初期には、時代の空気から逃れることができずに、確かに時代と格闘した。やがて作家・三島由紀夫を自ら「歴史的存在」に置き、時代との格闘の部分を、いわば右派的思想家としての「同時代的存在」に位置付けた。それが現実に合一したのが昭和四十五年十一月二十五日だったのである。その合一の中には、戦後社会を二重の顔を持って生きてきたことへの自己矛盾の演出もあった。三島は戦後社会を自分は鼻をつまんで生きてきたと語ったことがあるが、それが何よりの証《あかし》になる。

この事件の前（昭和四十一年六月）に、三島は「英霊の声」を書いている。二・二六事件の青年将校、特攻隊員として逝《い》った隊員の神霊が、川崎という霊能力のある青年の口を通して語っていく。そこで語られる一節には、「などてすめろぎは人間《ひと》となりたまひし」も含まれている。川崎は呪詛《じゅそ》の言を吐き続け、やがて倒れる。そして動かない。

「（その死顔が）何者とも知れぬと云《い》おうか、何者かのあいまいな顔に変容しているのを見て、慄然《りつぜん》としたのである」

この最後の一節が語っていたのは何か。三島の中に「合一」した時の、自らの姿が予兆されていたという意味に解釈できるだろう。三島の心中には自らが生きた時代の証人になるありふれた言い方で筆を止めるが、三島の思いに行き着いたのではないか。そこにはより、自らこそが時代の証になりたいとの思いに行き着いたのではないか。そこには呪詛を吐いた後の「あいまいな顔」があると自覚していたように、私には思えてならない。

（令和二年七月、ノンフィクション作家）

本書は新潮文庫オリジナルである。

表記について

新潮文庫の文字表記については、原文を尊重するという見地に立ち、次のように方針を定めました。

一、旧仮名づかいで書かれた口語文の作品は、新仮名づかいに改める。
二、文語文の作品は旧仮名づかいのままとする。
三、旧字体で書かれているものは、原則として新字体に改める。
四、難読と思われる語には振仮名をつける。

なお本作品中、今日の観点からみると差別的ととられかねない表現が散見しますが、作品自体のもつ文学性ならびに芸術性、また著者がすでに故人であるという事情に鑑み、原文どおりとしました。

（新潮文庫編集部）

三島由紀夫著
仮面の告白
女を愛することのできない青年が、幼年時代からの自己の宿命を凝視しつつ述べる告白体小説。三島文学の出発点をなす代表的名作。

三島由紀夫著
愛の渇き
郊外の隔絶された屋敷に舅と同居する未亡人悦子。夜ごと舅の愛撫を受けながらも、園丁の若い男に惹かれる彼女が求める幸福とは？

三島由紀夫著
盗賊
死ぬべき理由もないのに、自分たちの結婚式当夜に心中した一組の男女——精緻微妙な心理のアラベスクが描き出された最初の長編。

三島由紀夫著
禁色
女を愛することの出来ない同性愛者の美青年を操ることによって、かつて自分を拒んだ女達に復讐を試みる老作家の悲惨な最期。

三島由紀夫著
鏡子の家
名門の令嬢である鏡子の家に集まってくる四人の青年たちが描く生の軌跡を、朝鮮戦争直後の頽廃した時代相のなかに浮彫りにする。

三島由紀夫著
葉隠入門
〝わたしのただ一冊の本〟として心酔した「葉隠」の濶達な武士道精神を現代に甦らせ、乱世に生きる〈現代の武士〉たちの心得を説く。

三島由紀夫著

金閣寺

読売文学賞受賞

どもりの悩み、身も心も奪われた金閣の美しさ――昭和25年の金閣寺焼失に材をとり、放火犯である若い学僧の破滅に至る過程を抉る。

三島由紀夫著

潮（しおさい）騒

新潮社文学賞受賞

明るい太陽と磯の香りに満ちた小島を舞台に海神の恩寵あつい若くたくましい漁夫と、美しい乙女が奏でる清純で官能的な恋の牧歌。

三島由紀夫著

宴《うたげ》のあと

政治と恋愛の葛藤を描いてプライバシー裁判でかずかずの論議を呼びながら、その芸術的価値を海外でのみ正しく評価されていた長編。

三島由紀夫著

真夏の死

伊豆の海岸で、一瞬に義妹と二児を失った母親の内に萌した感情をめぐって、宿命の苛酷さを描き出した表題作など自選による11編。

三島由紀夫著

午後の曳《えい》航《こう》

船乗り竜二の逞しい肉体と精神は登の憧れだった。だが母との愛が竜二を平凡な男に変えた。早熟な少年の眼で日常生活の醜悪を描く。

三島由紀夫著

絹と明察

家族主義的な経営によって零細な会社を一躍大紡績会社に成長させた男の夢と挫折を描く。近江絹糸の労働争議に題材を得た長編小説。

手《て》長《なが》姫《ひめ》　英《えい》霊《れい》の声《こえ》
1938 - 1966

新潮文庫　み - 3 - 39

令和二年十一月一日発行

著者　三《み》島《しま》由《ゆ》紀《き》夫《お》

発行者　佐藤隆信

発行所　株式会社　新潮社

郵便番号　一六二―八七一一
東京都新宿区矢来町七一
電話 編集部(〇三)三二六六―五四四〇
読者係(〇三)三二六六―五一一一
https://www.shinchosha.co.jp

価格はカバーに表示してあります。

乱丁・落丁本は、ご面倒ですが小社読者係宛ご送付ください。送料小社負担にてお取替えいたします。

印刷・大日本印刷株式会社　製本・株式会社植木製本所

ISBN978-4-10-105039-3 C0193